HÉSIODE ÉDITIONS

ALFRED ASSOLLANT

Les Butterfly,
Scènes de la vie Américaine

Hésiode éditions

© Hésiode éditions.

1 rue Honoré - 93500 Pantin.
ISBN 978-2-493135-28-5
Dépôt légal : Septembre 2022

Impression Books on Demand GmbH

In de Tarpen 42
22848 Norderstedt, Allemagne

Les Butterfly,
Scènes de la vie Américaine

Un soir du mois de mai 1849, un jeune Parisien, nommé Charles Bussy, que Paris ennuyait, mit pied à terre à l'hôtel d'Astor, à New-York. Il était jeune, de bon caractère, bien fait, vigoureux, chasseur adroit, bon cavalier ; il avait de l'esprit, du courage, de la gaieté, et par malheur aussi des dettes.

Dans les pays civilisés, le créancier n'est que la préface de l'huissier, derrière lequel on aperçoit les recors et le frais séjour de Clichy. Bussy, qui aimait le soleil, le grand air et l'aspect de l'immense Océan, partit sans attendre qu'on lui offrît un asile dans cette maison hospitalière. Il emportait le titre de propriété d'une forêt de cinq mille acres que son père avait achetée à vil prix, dix ans auparavant, dans l'Ohio. Ce père prévoyant avait deviné les instincts dissipateurs de son fils, et, par une clause expresse de son testament, il avait défendu de vendre ou d'hypothéquer avant dix ans la moindre parcelle de sa forêt. Cette précaution prise, il mourut, laissant à son fils de profonds regrets et un capital de cinq ou six cent mille francs, qui ne tarda guère à s'évaporer en fumée.

La veille de son départ, Bussy fit son inventaire. Il avait en portefeuille dix mille francs, et il en devait soixante mille. Cette découverte le fit sourire. Il pensait à sa forêt d'Amérique et se sentait plein de confiance. Tout homme a son rêve ; celui de notre héros était de devenir grand propriétaire dans le pays des Mohicans. – Je défricherai ma forêt, disait-il, j'abattrai les arbres, je construirai des maisons, j'y mettrai des Allemands, des Irlandais ou des nègres, et je serai le bienfaiteur et le représentant naturel des fermiers de ma future ville de Bussy-Town. Dans cinq ans, j'aurai payé mes créanciers, je serai membre du congrès, peut-être gouverneur de l'état, et vingt fois plus libre et plus puissant qu'aucun de mes amis d'Europe.

À New-York, son premier soin fut de faire vérifier ses titres de propriété par un avocat qui les trouva excellens, puis il revint à Astor-House, et dîna de bon appétit. La cuisine américaine ressemble beaucoup à la nation. Elle est, non pas la meilleure ni la plus délicate, mais la plus solide et la plus variée de toutes les cuisines de l'univers. La rhubarbe s'y mêle à l'ananas, comme le nègre et l'Indien se mêlent au Yankee. Bussy, que le hasard avait placé en face d'une fort jolie Américaine, aux épaules blanches et nues, dépensa en quelques minutes toutes les phrases aimables que fournit le guide des étrangers. La dame en parut charmée et lui tendit gracieusement son verre lorsqu'il prit, suivant la coutume du pays, la liberté de lui offrir du vin de Champagne. Cette faveur inespérée tourna la tête à notre ami, que l'expérience de la vie parisienne n'avait pas rendu sage, et, poussant plus loin l'audace, il demanda pour le soir une conversation particulière que la jeune et souriante miss ne crut pas devoir lui refuser.

Je supplie le lecteur de ne pas se scandaliser trop vite. Ces sortes de faveurs sont tout à fait sans conséquence aux États-Unis. Les jeunes filles de ce pays-là, qui sont beaucoup plus libres que celles de France ou d'Italie, ne font peut-être pas plus de sottises. Sont-elles froides ou prudentes ? C'est ce qu'il est difficile de décider. Comme elles attendent peu de chose de la libéralité de leurs parents, elles sentent de bonne heure le besoin d'un mari qui soit riche. Fille qui cherche un mari n'a pas besoin d'amant.

Bussy, qui ne connaissait pas les mœurs du pays, et qui avait fort bien dîné, s'était appuyé contre une des colonnes de marbre d'Astor-House y et, tout en fumant un cigare, regardait passer la foule dans Broadway. – Quelle ravissante franchise ! se disait-il. Je connais depuis une heure à peine cette jeune fille, je lui offre un verre de vin et un rendez-vous, et elle accepte du premier coup l'un et l'autre. Quelle douce liberté de mœurs ! quelle sage économie de préliminaires !

À ce moment, un jeune homme de haute taille, d'une force athlétique et d'une figure énergique et franche, lui dit avec un accent bas-normand : – Monsieur le baron Bussy de Roquebrune, n'avez-vous pas des parents au Canada ?

– Oui, monsieur, dit poliment Bussy ; mais comment se fait-il que vous connaissiez si bien mon nom ?

– De la manière la plus simple du monde : je vous l'ai vu écrire ce matin sur le registre d'Astor-House. Je suis le chevalier de Roquebrune, citoyen du comté de Trois-Rivières, dans le Bas-Canada, et avocat à Montréal.

– Mon cher cousin, dit Bussy en lui serrant la main, je remercie l'heureux hasard qui nous met aujourd'hui en présence. Il y a longtemps que j'avais oublié le titre de baron et le nom de Roquebrune.

– Comment, oublié ! dit le Canadien. Roquebrune est-il un nom qu'on puisse oublier ? Nous autres gens du Canada, nous avons un souvenir plus fidèle de nos ancêtres de France.

– Excusez-moi, mon cher cousin, dit Bussy en souriant. En 92, mon grand-père, bon républicain, qui aimait fort sa patrie, sa fortune et la liberté, crut devoir, pour conserver ces trois biens si précieux, faire quelques sacrifices aux préjugés du temps. Il quitta sa baronie et le nom de Roquebrune, courut à l'ennemi avec toute la France, et devint colonel au service de la république. Après Marengo, les temps étaient plus doux, son patriotisme n'était pas suspect : il déposa les armes ; mais il ne se soucia plus d'un vieux titre et d'un vieux nom passés de mode. Toute l'armée le connaissait sous le nom du brave Bussy ; il se contenta de ce titre. Voilà pourquoi je m'appelle aujourd'hui Charles Bussy, Parisien de naissance, voyageur de profession, et propriétaire d'une forêt située je ne sais où, sur les bords du Scioto et du Red-River, je crois, vers le quarantième degré de latitude boréale.

– Pourquoi donc avez-vous écrit sur le registre : baron Bussy de Roquebrune ?

– C'est une habitude que j'ai prise dans les hôtelleries de Suisse et d'Allemagne ; cela éblouit l'hôtelier.

– Vous avez réponse à tout, dit le Canadien. Eh bien ! puisque le hasard me fait rencontrer un parent, ce qui, dans ce pays de loups et de chasseurs de dollars, est presque un ami, il faut que je lui donne un bon conseil.

– Donnez, pourvu qu'il n'engage à rien.

– C'est le sort de tous les conseils. Vous êtes nouveau venu à New-York ; fuyez les rendez-vous de miss Cora Butterfly.

– Qu'est-ce que miss Cora Butterfly ? demanda Bussy d'un air indifférent.

– C'est, répondit le Canadien, une fille charmante qui a les yeux bleus, les cheveux blonds, vingt ans, un air candide, d'admirables épaules, des dents petites et blanches comme celles d'un jeune chien, la taille ronde, les lèvres vermeilles, mille dollars de revenu, de grandes dispositions à en dépenser dix mille, et qui cherche un mari assez riche pour payer ses fantaisies et ses dentelles. En un mot, c'est la jeune dame qui vous a donné rendez-vous pour ce soir, à neuf heures, dans sa chambre. – Vous êtes fort au courant de mes affaires, dit Bussy, moitié riant, moitié facile.

– Ne remarquez pas mon indiscrétion, reprit Roquebrune. Vous avez vu cette jeune-blonde, et vous l'aimez. C'est un antique usage des Français de France auquel vous ne pouviez déroger. Les Anglais aiment les chevaux, les Allemands la bière, les Américains le whiskey, et les Français aiment les femmes. C'est un goût fort noble, je vous assure, et que je suis loin de condamner ; mais croyez-moi, faites votre malle et allez voir la forêt du Scioto.

– Bon ! le Scioto n'est pas pressé ; il peut attendre.

– Et miss Cora ne le peut pas ! Méfiez-vous, mon cher, d'une fille qui cherche un mari. Il n'y a rien de si dangereux sur la terre. J'ai chassé l'ours au New-Brunswick et la panthère au Texas ; mais ni l'ours ni la panthère ne sont aussi redoutables qu'une Américaine à la poursuite d'un mari.

– Bah ! elle ne peut pas me mettre le couteau sur la gorge. On n'épouse que lorsqu'on le veut bien, et je ne crains ni les pères ni les frères.

– Je vois, mon cher cousin, que vous avez besoin de mes conseils encore plus que je ne le pensais. On ne vous apprend donc rien à Paris ? À quoi vous sert cette civilisation si vantée ? Vous ne rêvez que pistolets et poignards, comme si vous étiez dans le pays des Sanches et des Guzmans. Ici c'est toute autre chose. Les Yankees sont d'humeur débonnaire, et se soucient fort peu de leurs filles. Qu'importe, je vous prie, à M. Samuel Butterfly, le père de miss Cora, que sa fille prenne ou non un amant ? Cela fait-il hausser ou baisser le prix du coton ? Le vieux Samuel sait fort bien que la candide miss Cora ne se compromettra qu'à bon escient, et qu'elle n'épousera qu'un homme cousu de dollars. Elle peut faire toutes les folies du monde, se faire enlever par le premier venu, s'embarquer pour l'Europe ou pour le Chili : il est une folie qu'elle ne fera jamais, celle d'épouser un mari pauvre ; mais malheur à vous si elle apprend que vous possédez une forêt sur les rives du Scioto ! Elle fera votre bonheur malgré vous, et vous l'épouserez, si elle l'a résolu.

– Je ne l'épouserai pas.

– Vous l'épouserez, vous dis-je. Connaissez-vous l'histoire de mon ami le capitaine Robert Inglis ? Il était jeune, raide, ganté, gommé, ficelé, large d'épaules, mince de taille, hardi d'allure, pédant, ennuyeux, trois fois millionnaire, toujours occupé de ses chevaux et de ses bonnes fortunes ; toutes les femmes l'adoraient. Les filles à marier, les belles, comme on dit ici, se disputaient ses regards. Il passait au milieu d'elles, dédaigneux et superbe. Un soir une brune charmante, miss Caroline Vaughan, l'invite à souper dans sa propre chambre. C'est l'usage du pays, et les mœurs, dit-on, n'en valent que mieux. Inglis accepte, se grise et s'endort dans la chambre de miss Caroline. Au point du jour, on frappe à la porte ; la belle, tout éplorée, les cheveux épars, tire le verrou et se précipite au-devant d'un ministre qui arrivait suivi des parens et de deux témoins. Inglis s'éveille au bruit et proteste de son innocence. Il s'est débattu en vain ; on vous a bel et bien marié le pauvre diable. De désespoir il est parti pour les îles Sandwich, mais la belle Caroline jouit de vingt mille dollars de revenu.

– Votre capitaine, mon pauvre chevalier, était un triste sire. Qu'ai-je à craindre d'ailleurs ? Je suis ruiné.

– Allez donc, et soyez heureux ; mais prenez garde au ministre. Adieu.

– Je vous remercie, dit Bussy ; permettez-moi d'espérer que je vous reverrai bientôt, et que notre connaissance, si singulièrement commencée, deviendra une amitié solide.

– Quand il vous plaira, dit Roquebrune en souriant. Vous me plaisez, je ne sais pourquoi, si ce n'est peut-être que mon arrière-grand-père était né vers Caen ou Caudebec, dans le pays des pommes et du cidre, et que vous ne parlez pas cette langue barbare qui siffle entre les dents des Anglais et des Américains. Quand vous serez las de votre bonne fortune, venez me voir à Montréal, et si vous avez besoin d'un conseil ou d'un coup de main pour défricher votre forêt, comptez sur moi.

– Quoi ! partez-vous si vite ?

– Je voudrais être déjà dans mon vieux Canada. New-York m'ennuie à périr. Un oncle que je ne connaissais pas, et qui vendait ici du bœuf salé, s'est avisé de mourir et de léguer son héritage à ma sœur et à moi. Vous connaissez la curiosité des femmes ; ma sœur a voulu voir New-York : j'ai cédé, car c'est la plus aimable enfant du monde, et elle fait de moi tout ce qu'elle veut ; depuis un mois, nos affaires sont réglées, et nous partirons dans trois jours.

Comme le chevalier de Roquebrune finissait de parler, une jeune fille d'une beauté ravissante, blanche et rose, avec des cheveux noirs et des yeux d'une douceur et d'une vivacité charmantes, s'avança sur la pointe du pied comme une déesse, et posa légèrement la main sur celle du Canadien. – Eh bien ! Henri, dit-elle d'une voix légère et gracieuse, tu m'oublies, paresseux ? Déjà quatre heures, et nous ne sommes pas encore sortis ! Vois comme je me suis faite belle pour te plaire !

En même temps, et d'un mouvement leste et gracieux comme celui d'une gazelle, elle voulut entraîner son frère ; mais Roquebrune resta immobile et lui présenta Bussy.

Je crains que mon héros ne paraisse indigne d'intérêt à la plus belle moitié du genre humain, si je raconte fidèlement ce qui se passa dans son cœur ; pourtant l'histoire le veut. Bussy n'eut pas plus tôt vu la jeune Canadienne, qu'il oublia complètement miss Cora Butterfly, le rendez-vous donné, et tous les sermens qu'il avait prêtés ou reçus depuis dix ans. C'était le meilleur garçon du monde et le plus sincère ; mais il avait vingt-cinq ans, et jusqu'à cet âge il n'est pas défendu de déraisonner en amour. Il avait aimé toutes les femmes, toutes celles du moins qui étaient belles ; seulement il n'aimait en elles que la beauté. C'est un amour fort délicat, car le goût de la beauté est plus rare qu'on ne pense, et bien des gens ont passé près d'elle sans la connaître ; mais ce n'est pas l'amour véritable. Aimer la beauté dans la femme, et n'aimer que la beauté, ce n'est pas aimer la femme même. Cette distinction paraîtra peut-être subtile. Ceux qui ont lu le Phèdre de Platon m'excuseront de m'expliquer si mal ; où le vieux Grec a été obscur, j'ai droit d'être incompréhensible. Je veux dire, et tous les gens sages me comprendront, que Bussy aima ce jour-là pour la première fois. Il s'inclina respectueusement devant la jeune Canadienne, hésita quelques secondes, et, reprenant bientôt son sang-froid, lui débita un petit compliment auquel elle répondit très gracieusement et en peu de mots. Cela fait, Roquebrune et sa sœur descendirent du côté d'East-River, et laissèrent le pauvre Bussy tout ébloui de cette apparition céleste.

Le soir, il soupa gaiement sans plus songer à miss Cora Butterfly que s'il ne l'eût jamais connue, et il allait tranquillement se promener dans Broadway pour rêver plus à l'aise à la belle Canadienne, lorsque neuf heures sonnèrent à toutes les horloges de New-York. Ce bruit lui rappela son devoir. – Quel ennui, se dit-il, d'aller parler d'amour à cette poupée américaine quand j'ai le cœur déjà plein d'une autre passion ! En vérité, c'est un pesant fardeau que d'être trop aimable. J'ai bonne envie de planter là miss Cora… Non, reprit-il après un instant de réflexion, l'honneur de la nation y est intéressé. Il ne sera pas dit par ma faute qu'un Français aura manqué un rendez-vous de guerre ou d'amour. Allons. – Il rajusta son col devant une des glaces du salon d'Astor-House, mit des gants frais et monta l'escalier.

Miss Cora Butterfly l'attendait de pied ferme. Elle était assise sous les armes, c'est-à-dire en toilette de bal, dans un de ces fauteuils-balançoires qu'inventa la paresse des créoles, et elle calculait dans son esprit sage et positif la fortune probable du jeune Français. C'était d'ailleurs une fille charmante, jolie comme la plupart des Américaines, savante en amour comme une vieille femme, et d'une vertu raisonnée, qui est la plus solide et la moins fragile de toutes les vertus. En deux mots, elle était belle comme une rose épanouie et sèche au fond de l'âme comme une vieille dévote. Dès son entrée dans le monde, son père, le vieux Samuel Butterfly, lui avait tenu ce petit discours qui devait être sa règle de conduite et son évangile : « Ma chère Cora, je t'aime tendrement et je veux faire ton bonheur. Je te donne mille dollars par an. Avec cette somme et les dettes que tu pourras faire, tâche de trouver un mari. Dans cinq ans, si tu n'as pas réussi, ta pension sera réduite à cinq cents dollars, auxquels, il est vrai, j'ajouterai ma bénédiction paternelle. Voici le premier quartier de ta pension. »

Ce discours pathétique fit le plus grand effet sur la belle Cora. Depuis trois ans, elle cherchait un mari, cette chose si commune et si précieuse : tous les jours, elle jetait sa ligne au hasard dans cette population immense et bigarrée qui remplit New-York; mais, au moment de mordre à l'hameçon, les plus gros poissons se retiraient précipitamment, et Cora restait fille en dépit de tous ses efforts. Aussi pourquoi n'en vouloir qu'aux millionnaires? Peu à peu ses prétentions avaient diminué. Elle voyait avec frayeur approcher le terme fatal et les cinq cents dollars de pension. Sa beauté devenait célèbre, et pour une fille à marier une beauté célèbre est une beauté perdue. Rien n'est si dangereux que d'être classé, fût-ce parmi les plus forts et les plus habiles. Or Cora était classée... au premier rang, cela est vrai; mais qu'importe? Souvenez-vous d'Aristide et du paysan grec. On s'ennuyait d'entendre appeler Cora « la belle Cora. » Elle le sentait, et tournait ses beaux yeux candides sur les étrangers qui arrivaient à New-York; ceux-là du moins n'avaient pas entendu parler d'elle. De là le succès de Bussy. D'ailleurs le Parisien était aimable; il avait de l'esprit, il paraissait riche; il pouvait l'emmener à Paris, cet Eldorado de toutes les femmes de l'univers. Que de raisons de le séduire! Dans cette attente, les heures paraissaient des siècles. Le cœur de la belle Cora battait fortement. Enfin Bussy parut.

Sans se lever, d'un geste et d'un sourire gracieux, elle le salua et l'invita à s'asseoir. Bussy, qui ne s'étonnait pas facilement, fut cependant étonné de cet accueil. Malgré les avertissemens de Roquebrune, il n'avait pas cru trouver tant d'aisance dans une situation si délicate; surtout il avait peine à s'habituer à ce balancement continuel du fauteuil que la conversation n'interrompait pas. – Après tout, pensa-t-il, c'est l'usage à New-York. Pourquoi serais-je étonné de ce sans-gêne charmant? Si les femmes d'Amérique renoncent à cette étiquette d'Europe qui les protège aussi efficacement que leur propre vertu contre l'audace des hommes, est-ce à moi de le trouver mauvais?

Cette réflexion lui rendit sa hardiesse et sa gaieté accoutumées. Il parla d'amour avec feu; sur ce sujet, entre gens de sexe différent, la conversation ne tarit pas. Il parla aussi de constance et se donna pour un Amadis. Cora, qui ne s'en souciait guère, feignit de le croire, et lui demanda d'un air provoquant quelle beauté il préférait à toutes les autres. Bussy répondit galamment qu'il ne l'avait jamais su avant ce jour, mais qu'il commençait à le comprendre. Il fit le portrait flatté de la belle Américaine, n'oubliant ni la couleur de ses cheveux, ni le bleu de ses yeux, ni le rose de son teint, ni la rondeur de sa taille, ni même le goût de sa toilette. Tout en parlant, il se rapprocha d'elle, lui prit la main et la baisa avec la ferveur d'une âme dévote; elle la retira sans se fâcher, et recula les yeux baissés et les joues couvertes de rougeur. Bussy devint plus pressant, il ne fcignait presque plus l'amour, il commençait à se sentir gagné par l'émotion réelle ou feinte de miss Cora. On ne feint pas impunément l'amour auprès d'une jeune et belle femme, quelque prévenu qu'on soit d'ailleurs contre ses artifices.

Tout à coup, au moment où Bussy allait oublier toute la terre et les sages avis du Canadien, miss Cora, qui n'oubliait jamais l'essentiel, même dans les circonstances les plus critiques, fit à notre héros une question qui tomba sur son amour comme une douche d'eau glacée, et l'éteignit. Elle lui demanda s'il voulait demeurer en Amérique et s'il était riche. Cette question, habilement placée entre deux baisers comme l'amère pilule qu'on place entre deux couches de confitures avant de la donner aux enfans, ramena Bussy au bon sens. Il se leva d'un air assez froid, car dans la chaleur du discours il s'était mis à genoux devant elle, et répondit qu'il possédait encore plus de cinq mille acres de forêts dans l'Ohio. Cette réponse ne parut pas satisfaire miss Cora.

– Quoi! vous n'avez, dit-elle, ni terre, ni maison, ni commerce?

– Qu'importe, puisque je vous aime?

– Moi aussi, mon cher monsieur, je vous aime, et fort tendrement, quoique je commence à craindre que vous ne m'aimiez pas longtemps; mais l'amour n'est pas tout en ménage.

– Oui, j'entends bien, dit Bussy, il y faut aussi quelques cachemires; mais pourquoi nous occuper de ce qui est utile ou inutile en ménage? Jouissons de l'amour, chère Cora, et laissons le reste aux dieux, je vous adore, vous m'aimez, vous me le dites; soyons heureux.

– Où prenez-vous cette belle morale, monsieur? dit Cora irritée. Voilà d'honnêtes paroles! Non, monsieur. Dieu, qui nous a permis l'amour, nous ordonne le mariage. Lisez la Bible : « Tu quitteras ton père et ta mère pour suivre ton époux. » Est-il jamais question d'amant dans l'Ancien-Testament ou dans le Nouveau? Isaac épouse Rébecca, et Jacob épouse Rachel.

Avez-vous eu faim quelquefois? avez-vous chassé pendant sept ou huit heures dans les montagnes par un froid sec et vif ? avez-vous passé la journée sans manger, et le soir, bien tard, à peine arrivé dans une auberge de campagne, avez-vous fait mettre à la broche un gibier succulent ? L'avez-vous arrosé de vos mains ? l'avez-vous servi vous-même sur la table ? Vous êtes-vous assis au coin d'un bon feu, dévorant du regard le lièvre et découpant la perdrix ? Aviez-vous une bouteille de vin gris ? Étiez-vous prêt à manger, les yeux ardens, la bouche ouverte et la fourchette en arrêt ? étiez-vous par hasard notaire, ou médecin ? Est-on venu vous chercher à cheval, bride abattue, pour guérir une tête cassée, désasphyxier un noyé, ou recevoir le testament d'un malade ? Avez-vous donné au diable, vous médecin, le maladroit, et vous, notaire, le client ? Voilà justement ce que faisait Bussy lorsque la prudente et positive miss Cora Butterfly se mit à citer la Bible et à montrer ses scrupules. Il donnait au diable Rébecca et Rachel, les patriarches et les prophètes. Il maudissait ces hypocrites chanteuses de psaumes qui cachent sous l'amour et la Bible des calculs dignes de Barème. Cependant il avait honte de s'en aller sans avoir rien osé. La place fût-elle imprenable, il avait pour principe qu'un bon soldat doit tenter l'escalade. Il garda quelque temps le silence, ramassant ses forces pour la lutte ; puis, s'agenouillant de nouveau devant la belle Américaine, il la pria de lui pardonner sa hardiesse, d'excuser un amour trop violent pour être modeste, d'avoir confiance en son honneur : en un mot, excepté le mot de mariage, qu'il ne voulut jamais prononcer, il fit les sermens les plus vifs d'une éternelle fidélité. Toute autre femme, après s'être avancée si loin, n'eût pas osé résister ; mais la vertu de la belle Américaine était appuyée sur le roc inébranlable du dieu Dollar. Sans le rebuter ni le décourager, elle sut le tenir à distance ; elle voulait un mari, et non un amant, car, comme l'a fort bien dit un profond philosophe, les maris paient les dentelles, et les amans ne sont bons qu'à les chiffonner. Bussy lui plaisait fort, mais sa fortune lui plaisait mille fois davantage. Cependant Cora hésitait. Cette fortune était-elle réelle ? C'est une belle chose qu'une forêt de cinq mille acres, mais il faut qu'elle soit bien située. Au Canada, un acre de forêt coûte deux fois moins qu'un acre de terre. Le bois n'a point de valeur ; bien plus, il faut le couper, et la main-d'œuvre est chère. Ces inquiétudes bien légitimes de la pauvre Cora éclatèrent dans les premiers mots qu'elle répondit aux protestations d'amour de notre étourdi.

– Dans quelle partie de l'Ohio est située votre forêt ? demanda-t-elle.

Cette curiosité obstinée indigna Bussy, bien à tort, selon moi, car il est juste que les jeunes filles songent à leur avenir quand leurs parens n'y songent pas ; mais notre ami arrivait de France, où les femmes calculent avec moins de naïveté, sinon avec moins de soin. Il avait cru s'asseoir à un festin délicieux, servi par la main de l'amour, au milieu des fleurs, des fruits, des porcelaines de Sèvres et des cristaux de Bohème, et il se trouvait assis dans une cuisine, au milieu des fourneaux allumés et des préparatifs du festin. Il vit qu'on le marchandait, et toute la beauté, la grâce et les minauderies de la pauvre Cora n'empêchèrent pas qu'elle ne lui parût ridicule. Il lui répondit avec une froideur glaciale :

– Rassurez-vous, chère Cora, je suis riche. Ma forêt s'étend sur les bords du Scioto.

– Du Scioto ? dit Cora étonnée. Ne vous trompez-vous pas ?

– Je ne me trompe pas, dit Bussy. Elle est située dans une plaine, au pied d'une colline, au confluent du Scioto et d'un petit ruisseau, le Red-River. Voici le plan de la forêt et mes titres de propriété.

En même temps il tira de son portefeuille le plan de la forêt. Miss Cora Butterfly l'examina quelque temps avec l'aplomb d'un procureur. Tout à coup elle éclata de rire, et rendit le plan à Bussy . Celui-ci, fort intrigué, la regardait en silence.

– Mon cher monsieur, dit-elle enfin, n'avez-vous point d'autre propriété soit en Europe, soit en Amérique?

– Aucune.

– Eh bien ! suivez mon conseil; il est fort désintéressé, car il me privera du plaisir de vous revoir jamais. Retournez en France et renoncez au Scioto, au Red-River et à leurs forêts.

– Qu'entendez-vous par là? dit Bussy inquiet.

– Qu'en fait de propriété comme en fait d'amour, mon cher monsieur, les absens ont toujours tort. Il y a cinq ans que votre forêt est défrichée, et que sur ses cendres on a bâti une ville magnifique, Scioto-Town.

– Est-il possible?

– Que voulez-vous? De braves gens ont remonté le Scioto, ont vu cette forêt, et n'ont pas vu le propriétaire; ils ont coupé les arbres, ils ont défriché le sol, ils ont bâti des maisons, des tavernes, des temples, fondé des journaux et des maisons de banque. Aujourd'hui il y a vingt mille habitans, et la ville grandit tous les jours. On y boit, on y fume, on y travaille, on y fait le commerce, on y fait l'usure, on y fait banqueroute, on s'y bat tout comme à New-York ou à la Nouvelle-Orléans. Nous ne sommes pas des sauvages, monsieur, et votre propriété est tombée entre les mains de fort honnêtes gens.

Cette fatale nouvelle tomba comme une tuile sur la tête du pauvre Bussy. Il se voyait précipité du haut de ses rêves et de sa fortune à venir sur le pavé de la misère que foulent la plupart des hommes. Il n'était pas humilié de sa pauvreté, car après l'Espagnol le Français est peut-être l'homme du monde qui craint le moins d'être pauvre; Bussy d'ailleurs était homme d'esprit et de courage; il ne redoutait pas le malheur, et une secrète confiance dans ses propres forces le soutenait contre tous les accidens de la destinée; cependant il souffrait un peu du ton moqueur de la belle Américaine; il sentait trop vivement combien il était déchu à ses yeux. Quelques instants auparavant, elle était à lui tout entière; maintenant elle le dédaignait; le lendemain, elle feindrait de ne le plus connaître. L'orgueil le soutint contre un coup si rude.

– Comment savez-vous, lui dit-il, que Scioto-Town est situé sur l'emplacement de ma forêt, et non dans le voisinage?

– Vous cherchez à douter, mon cher monsieur, dit miss Cora en souriant, et vous avez tort, croyez-moi. C'est mon propre père, l'honorable Samuel Butterfly, qui a lui-même arpenté et divisé en lots votre propriété.

– Comment l'a-t-il osé sans ma permission?

– On voit bien, cher monsieur, que vous n'êtes guère au courant de nos usages. Votre simplicité m'inspire une sympathie véritable. Sachez donc, puisque vous voulez le savoir, que le terrain s'est trouvé merveilleusement propre au commerce des bois de construction et de la viande salée; que mon père, qui est le plus honnête de tous les Yankees, s'en est aperçu le premier, et qu'il a appliqué le principe de droit féodal : nulle terre sans seigneur; que le seigneur naturel étant absent, il s'est adjugé la forêt à lui-même; qu'on a de tous côtés suivi son exemple, et qu'aujourd'hui vous ne trouverez pas un pouce de votre propriété qui n'ait changé de maître. C'est ce que mon père, qui part dans quelques jours pour Scioto-Town, pourra vous affirmer lui-même, si vous prenez la peine de l'interroger. Maintenant recevez, monsieur, l'expression de mes regrets les plus vifs. Je déplore le malheur qui vous arrive, et si votre forêt pouvait vous être rendue sans qu'il en coûtât un dollar à mon père, dont je suis la légitime héritière, croyez, mon cher monsieur, que je ferais les vœux les plus ardens pour cette restitution. Quant à faire un procès aux nouveaux propriétaires, c'est une démarche inutile, et qui de plus est fort dangereuse. Agissez sagement; renoncez à une forêt que vous ne pouvez pas regretter beaucoup, puisque vous ne l'avez jamais connue, et qu'elle n'a pas vu, comme disent les poètes, les tombeaux de vos pères ni les berceaux de vos enfans. Retournez en France, ou, mieux encore, allez plus avant, entrez hardiment dans le grand ouest, dans les forêts immenses qui n'ont pas encore de maître. Emportez avec vous une hache et une carabine; la hache vous servira contre les arbres, la carabine contre les sauvages, et peut-être contre vos voisins trop civilisés : c'est ainsi que Daniel Boon a laissé un nom immortel; mais ne heurtez pas de front cette force populaire, qui est aveugle et irrésistible; respectez le sommeil du monstre de peur qu'il ne vous dévore; ne redemandez pas le dîner qu'il vous a pris, de peur qu'il ne vous prenne encore le souper et la vie. C'est mon dernier conseil. Je n'espère pas, mon cher monsieur, avoir le bonheur de vous revoir jamais. Il est minuit, et je me sens fatiguée. J'ai l'honneur de vous souhaiter le bonsoir. Ayant prononcé ce discours avec une volubilité sans pareille, la belle Cora Butterfly salua notre héros d'un signe de tête, et, lui tournant le dos, se mit à bâiller sans cérémonie. Bussy, se voyant congédié, prit le parti d'en rire, et lui dit :

– Ma chère Cora, je vous remercie de vos conseils, qui sont les plus sages du monde. Vous parlez comme un ministre ou comme deux avocats. Je suis vraiment touché de la part que vous daignez prendre à mon malheur; mais permettez-moi de croire qu'il n'est pas aussi grand que vous le dites. J'honore et respecte infiniment M. Samuel Butterfly, et, sans le connaître personnellement, je fais d'avance trop de cas de sa sagesse pour croire qu'il me refusera l'indemnité qu'il me doit. S'il était assez mal conseillé pour le faire, j'ai trop de confiance dans les lois américaines et dans la justice du peuple pour désespérer de ma cause. Permettez-moi d'espérer, chère miss Cora, que je ne vous vois pas aujourd'hui pour la dernière fois, et que bientôt ma fortune rétablie et peut-être agrandie me rendra l'ineffable bonheur dont j'ai joui pendant cette soirée. Quoi qu'il arrive, soyez sûre, chère miss Butterfly, que le souvenir de vos bontés et de la tendresse que vous m'avez témoignée jusqu'à minuit moins un quart ne sortira jamais de ma mémoire et de mon cœur. Adieu.

À ces mots, il sortit, se coucha et dormit fort tranquillement pour un homme à qui l'on venait d'annoncer sa ruine. Le lendemain, décidé à partir et à connaître son sort le plus tôt possible, il alla prendre congé de son cousin Roquebrune. Celui-ci le reçut fort bien, écouta en riant aux éclats le récit de l'entrevue de la veille, et devint plus sérieux en apprenant le triste sort de la forêt du Scioto.

– Mon cher ami, lui dit-il, vous partez, c'est fort bien fait; mais je ne dois pas vous cacher que vous avez peu d'espoir de recouvrer votre bien. Je connais toutes les ressources de la procédure américaine. C'est un vrai labyrinthe. Vous êtes pauvre, vous aurez contre vous les juges, les jurés, les avocats, tout le peuple qui vous a dépossédé, et pour vous seulement la bonté de votre cause. C'est peu. Ne désespérez pas néanmoins, un miracle peut vous faire rendre justice, et la Providence nous vient en aide quelquefois. Dans tous les cas, il est bon d'essayer. Cette lutte d'un homme contre tout un peuple est digne d'un grand cœur, et si je n'étais retenu à Montréal par mes propres affaires, je m'offrirais à vous servir de second dans ce duel héroïque. Quelle qu'en soit l'issue, venez me voir à Montréal. Riche ou pauvre, vous trouverez en moi un ami, et peut-être, qui sait? je pourrai vous être utile.

Quelques instants après parut la belle Valentine de Roquebrune. Elle reçut fort bien Bussy. Son sourire, pareil au soleil qui dissipe les nuages, ramena dans le cœur de Bussy la plus charmante gaieté. Elle appuya gracieusement les offres de son frère. L'hospitalité est la vertu favorite des Canadiens. La visite de notre ami avait duré plus de deux heures sans qu'il s'en aperçût. Il sortit enfin et partit pour Scioto-Town. Le Canadien l'accompagna jusqu'à l'embarcadère. Au moment de quitter son nouvel ami : – Où sont vos armes? dit-il.

– Je n'en ai pas, répondit Bussy.

– Quoi! vous allez dans l'ouest, et vous n'avez pas un revolver, pas même un bowie-knife pour vous faire respecter?

– Bail ! le diable n'est pas ai noir qu'on le peint.

– Mon cher, souvenez-vous de ceci. Vous allez en pays ennemi. Soyez sur vos gardes. Parlez peu et tenez dans la main la crosse d'un revolver. Vous êtes sûr qu'on vous cherchera querelle, et plus sûr encore que vous aurez contre vous tout le monde. Tous les habitans de Scioto-Town sont vos débiteurs. En pareil cas, un coup de couteau est une quittance. S'il vous arrive malheur, qui s'inquiétera de vous? qui recherchera le meurtrier ? Ceux qui le verront fermeront les yeux. On vous enterrera au pied d'un chêne, et tout sera dit.

– C'est donc un pays de brigands que l'Ohio?

– Point du tout; c'est un pays bien cultivé, bien peuplé, traversé de plus de chemins de fer que l'Allemagne et la France, où tout le monde sait lire, écrire et compter, – compter surtout. Pour ma part, je ne trouve rien de plus beau sous le soleil. Malheureusement les gens de l'Ohio aiment les procès. C'est un reste de leur origine anglaise. Les procès amènent les querelles, qui amènent les batailles, qui amènent les meurtres. Tout le monde est armé, et il est bien difficile, quand on reçoit un coup de poing, de ne pas rendre un coup de couteau. De là des morts dont personne ne s'inquiète, à moins que la victime n'appartienne à une famille riche et puissante. Les juges sont éligibles : c'est dire qu'ils dépendent des électeurs, et l'électeur élit naturellement celui qui lui a fait ou qui lui fera gagner son procès. De là vient que la justice est si bien rendue. Songez de plus que les dollars sont rares par tout pays, et qu'il est bien commode pour un juré de gagner sa vie en prononçant ce seul mot : not guilty. Qu'importe en effet que le meurtrier soit pendu ou non ? La mort du pendu ne rend pas la vie à celui qui a été assassiné ; ce n'est qu'un malheur de plus, deux familles en pleurs, au lieu d'une. Il est si commode et si profitable de faire grâce !

– Et la loi de Lynch ?

– Oui, c'est un usage qui commence à s'établir, et qui sera bientôt général ; mais croyez-vous le juge Lynch plus infaillible ? Aimez-vous mieux être jugé en dix minutes sur la place publique, par cinq ou six cents personnes qui crient et vocifèrent au lieu d'écouter votre défense, que par un juge corrompu ? S'il faut choisir, mon choix est fait : j'aime mieux la corruption du juge que la brutalité de la multitude.

– Vous n'êtes guère partisan des formes républicaines,

– Je le suis, mon cher ami, beaucoup plus que vous ne pensez ; mais je hais la tyrannie d'une foule ignorante. Sans doute, ces vices dont je vous parle ne sont pas inhérens à la république. On peut les séparer de la liberté, on le fera quelque jour, j'en suis sûr ; mais tant qu'ils subsistent, il faut se tenir sur ses gardes. C'est pourquoi, mon cher cousin, je vous conseille d'être fort prudent, de ne compter que sur vous-même, de fuir les querelles, et, si vous ne pouvez les éviter tout à fait, de fuir au moins le coroner et toute espèce de magistrats. Faites-vous justice à vous-même, c'est le plus sûr ; d'ailleurs c'est l'usage, et vous savez qu'il faut respecter les usages de tous les pays. Nous devons cette politesse aux étrangers. Adieu, prenez ce revolver et ce bowie-knife ; ne vous en servez qu'à la dernière extrémité, mais alors ne ménagez pas votre homme. Il vaut mieux tuer le diable que d'en être tué. Au revoir. Vous me retrouverez à Montréal.

À ces mots, les deux amis se séparèrent. Bussy était fort triste. Les conseils de Roquebrune lui causaient une impression pénible. En arrivant à la dernière station du chemin de fer, qui n'était qu'à deux lieues de Scioto-Town, il monta dans une diligence, en compagnie d'un homme de cinquante-cinq ans, aux cheveux gris, à la mine respectable, qu'il entendit appeler Samuel Butterfly. C'était en effet le digne père de la belle Cora.

M. Samuel Butterfly avait la mine d'un quaker, un habit à larges basques et à larges poches, un chapeau rond à larges bords, une canne à pomme d'or, un air confit en béatitude et quelque chose de la figure du vieux Franklin. Je parle du vrai Franklin, rusé, positif, égoïste, et non de ce Franklin que les philosophes du XVIIIe siècle habillèrent à leur mode au temps de la guerre d'Amérique, et qui faisait solennellement bénir son petit-fils par Voltaire mourant. Le vrai Franklin, prudent, réservé, contenu, incapable d'une mauvaise action, parce que les mauvaises actions sont rejetées par la doctrine de l'intérêt bien entendu, est demeuré le plus parfait modèle de l'homme civilisé, qui n'a jamais rien à démêler avec la loi. Le vénérable Samuel Butterfly au contraire ne pouvait pas se vanter de n'avoir jamais connu la justice humaine. Tour à tour matelot, imprimeur, chirurgien, épicier, marchand de bois, avocat, il avait fait quatre banqueroutes, après lesquelles sa fortune était estimée à plus d'un million de dollars (cinq millions de francs). La dernière donnera une idée des trois autres. Il avait acheté pour un million cinq cent mille dollars de salaisons qu'il expédiait à New-York. Un mois après, il annonce à ses créanciers que sa spéculation n'a pas réussi et qu'il est ruiné; en même temps il leur offre cinquante pour cent de leurs créances. L'un d'eux, se défiant de ses paroles, lui intente un procès. Samuel Butterfly, qui avait déjà vendu toutes ses propriétés, s'avance devant le tribunal, et les yeux levés au ciel, d'une voix ferme, il jure qu'après avoir donné cinquante pour cent, il ne possédera plus rien. Le créancier s'exécute, reçoit son argent, donne quittance, et le lendemain

Samuel Butterfly rouvre boutique sans que personne ose lui reprocher son parjure de la veille. En tout autre pays, il eût passé pour un coquin; à Scioto, on lui envia son bonheur et son habileté. Au reste, bon mari, bon père, assidu aux prières publiques, suivait avec une ferveur exemplaire les offices des méthodistes. Il était devenu par ses intrigues le chef du parti démocratique à Scioto-Town et le maire de la ville.

Tel était le vénérable personnage qui s'arrêta à Scioto-Town en même temps que notre ami Bussy. Cette rencontre n'était pas l'effet du hasard. Samuel était à New-York avec sa fille le jour même où le jeune Français avait offert son cœur à miss Butterfly, et l'aimable Cora l'avait prévenu des projets de Bussy. Samuel, inquiet, était parti sur-le-champ pour ameuter contre l'ancien propriétaire de Scioto tous les journaux démocratiques. Dans un pays où l'opinion publique décide de tout, les journaux sont une arme mortelle. Quiconque a dans sa main cette arme est maître de la vie et de l'honneur de son adversaire. Il peut le calomnier, le diffamer, et le pousser à toutes les extrémités, même au suicide. Butterfly le savait, et comptait venir aisément à bout d'un étranger qui n'avait ni amis, ni influence dans le pays. Il était parti de New-York par le même convoi qui avait transporté Bussy, et, sans se faire connaître, il avait étudié d'avance le caractère et les manières de son ennemi. Il n'eut pas de peine à voir que le Français, vif, résolu, audacieux, serait difficile à effrayer.

En arrivant, il fit venir son fils, M. George-Washington Butterfly. On sait qu'il est d'usage aux États-Unis de donner à beaucoup d'enfans le nom du fondateur de la république. L'enfant n'est pour cela ni meilleur ni pire. M. George-Washington Butterfly était un homme de trente ans environ. Sa taille était moyenne, son visage basané, ses traits osseux et durs, son front perpendiculaire comme un mur, son nez anguleux et effilé comme une lame de rasoir, ses yeux enfoncés et sombres, sa démarche raide et automatique. Ses tempes serrées, ses veines contractées, ses pommettes saillantes, donnaient à ce jeune gentleman un aspect dur et presque repoussant.

La maison de Samuel Butterfly était nouvellement construite, comme toutes celles de Scioto-Town, car la ville n'existait que depuis six ans. Elle était faite de ce marbre gris-brun qui est si commun à New-York et à Philadelphie. L'entrée était magnifique. L'architecte avait pris pour modèle le portique du Parthénon. Les Américains n'ont pas d'architecture qui leur soit propre; leurs maisons et leurs monumens sont copiés sur ceux des autres nations. C'est une grande économie de temps et d'imagination. Quant à l'argent, c'est la chose dont ils sont le plus avides et le plus prodigues. L'Américain semble avoir pris la devise de César : Tout avoir pour tout dépenser.

Samuel Butterfly reçut son fils dans le parloir, qui était tapissé avec un luxe inconnu en France. Notre belle patrie se sert du tapis comme du thé, – les jours de gala : ce sont deux objets de luxe qu'on ne permet qu'aux malades ou aux grands seigneurs. Le vieil Américain n'était ni l'un ni l'autre, mais il aimait le comfortable. Quand George-Washington entra, son père lui dit : – Quoi de nouveau, George?

– Le cochon salé est à trois cents la livre.

– Bien, Il vaut six cents à New-York. Achetez-en cent mille livres, et expédiez-les sur-le-champ à la maison Wright et C°.

– Le sucre d'érable vaut dix cents la livre.

– Attendez qu'il baisse, et vous achèterez. Est-ce tout?

– C'est tout.

– Bien. George-Washington, j'ai une nouvelle à vous annoncer.

– Ma sœur est mariée ?

– Plût à Dieu ! Mais la sotte restera fille, je crois. Le propriétaire de Scioto-Town arrive aujourd'hui même.

– Le propriétaire !

– Oui, ce Français qui avait acheté la forêt sur laquelle vous et moi nous avons bâti notre maison et la plus grande partie de notre fortune.

– Eh bien ! il faut le jeter à l'eau.

– J'y pensais; mais vous ne voulez pas sans doute vous charger de cette besogne?

– Pourquoi non, mon père ? Je me chargerai toujours avec plaisir de toute besogne qui peut contribuer à la sécurité de la maison Samuel Butterfly et fils. – C'est bien dit, mais il faut prendre des précautions. Malheureusement personne n'est plus intéressé que nous à faire disparaître le Français; le tiers de la ville nous appartient, et s'il réclame son bien, nous paierons à nous seuls la plus forte part de l'indemnité.

– Nous ne paierons rien, mon père. Assemblez un meeting, annoncez que le Français veut déposséder tous les habitans de Scioto. Ameutez le Scioto-Herald, le Scioto-Pioneer, le Morning-Enquirer, tous les journaux dont vous disposez, et quand l'indignation publique sera au comble contre l'étranger, quand la mine sera bien chargée, mettez-y le feu. Ce sera un déchaînement général. S'il n'est pas pendu, il craindra de l'être, et fuira jusqu'en France. De toute façon nous en serons délivrés.

– Peut-être, George-Washington ; mais tu peux te tromper dans tes calculs. J'ai vu ce jeune homme de près, et je le crois de force à résister. Nous n'avons pas affaire au premier venu.

– Tant mieux. Le succès n'en est que plus assuré. Le croyez-vous homme à se battre?

– Que sais-je ? Les Français ont la tête chaude, surtout en pays étranger. Est-ce que tu voudrais l'appeler en duel ?

– Moi, mon père ! Point du tout. A quoi bon livrer au hasard ce que la prudence peut assurer ? Vous connaissez mes deux témoins ?

– Tes deux Irlandais ?

– Oui, Jack et Patrick. Pour un dollar par tête, ces drôles prêtent serment et jurent tout ce qu'il me plaît de leur demander.

– Peste ! voilà de précieux coquins !

– N'est-ce pas ? Supposez maintenant que je rencontre votre Français dans la rue... A propos, quel est son nom ?

– Bussy.

– Où est-il logé ?

– A l'hôtel Bennett.

– Bien. Supposez que je le rencontre, – cela se voit tous les jours, – que je lui parle, et qu'il me réponde d'une façon dont je me trouve offensé; tout cela est possible. Supposez encore que, dans un mouvement de colère, je lui tire à bout portant dans la tête deux ou trois coups de revolver... Jack et Patrick témoigneront au besoin qu'il a tiré le premier. N'est-ce pas admirablement combiné ?

– Admirablement ; mais croyez-moi, George-Washington, défiez-vous des moyens violens. Ce Bussy est peut-être armé. Si vous ne le tuez pas du premier coup, il vous tuera, et le témoignage de Jack et de Patrick dans ce cas ne peut vous servir de rien.

– Soyez sans crainte, cher père. Je tue les hirondelles au vol avec mon revolver; à trois pas, je ne manquerai pas un ennemi.

– Que la bénédiction de Jehovah soit sur vous et sur vos armes, mon cher fils ! Pendant cette conversation, Bussy s'était établi à l'hôtel Bennett, et tout d'abord prenait langue avant d'annoncer ses projets. Il alla consulter un avocat auquel, avant toutes choses, il promit mille dollars, et cinq mille dans le cas où on lui rendrait sa propriété; puis il exposa son affaire. Pendant qu'il parlait, l'avocat faisait ses réflexions. – Voilà une belle cause, pensait-il, et qui peut faire ma réputation et ma fortune; malheureusement j'aurai contre moi toute la ville, et je vais devenir horriblement impopulaire. A toutes les élections, je serai rejeté. On dira : C'est ce Mason, l'avocat du Français, celui qui a voulu dépouiller ses concitoyens. Mon avenir politique est perdu. Je n'entrerai ni dans la législature de l'état ni dans le congrès. La patrie sera privée à jamais de mes services. De plus, je me fais de puissans ennemis, entre autres ce Samuel Butterfly, cet hypocrite coquin qui dispose de tout à Scioto-Town. Il dépensera cent mille dollars, s'il le faut, pour me ruiner. J'ai femme et enfans. Il faut vivre. Ma foi, au diable le Français et ses réclamations inopportunes! qu'il prenne un autre avocat. Je m'en lave les mains comme Pilate... D'un autre côté, mille dollars, c'est une belle somme. C'est le prix d'un an de travail. Après tout, je ne m'engage pas à gagner son procès, mais à le plaider. Que je le plaide bien ou mal, peu importe, les mille dollars sont à moi... (Oui mais je me connais : je suis naturellement éloquent, je m'oublierai, j'aurai des distractions, j'attendrirai les juges, et j'aurai Samuel Butterfly et toute la ville de Scioto sur les bras pendant le reste de ma vie. Voyons, n'y a-t-il pas moyen de ne perdre ni les mille dollars, ni la popularité, ni l'amitié de Samuel Butterfly ?... J'y suis. Eh ! eh ! manger à deux râteliers, c'est le moyen d'être bien nourri.

Par suite de ces réflexions, maître Mason assura Bussy que sa cause était imperdable, qu'il n'obtiendrait pas à la vérité la restitution de sa forêt, puisqu'elle était devenue le sol même de la ville, mais qu'il se faisait fort d'obtenir une indemnité de plus de cinq cent mille dollars. – Ayez confiance en moi, dit-il en terminant, je vous garantis le gain de votre procès.

Bussy le remercia et sortit. Maître Mason courut aussitôt chez le redouté Samuel Butterfly et lui offrit ses services. Celui-ci loua son zèle, le remercia de sa trahison et le pria d'entretenir Bussy dans son erreur et de l'emmener pendant quelque jours à la campagne, pour donner à ses adversaires le temps de soulever contre lui le peuple de la ville. L'avocat y consentit, invita Bussy à chasser le daim avec lui, et tous deux partirent le soir même.

Le lendemain, le Scioto-Herald contenait l'annonce suivante :

« Perversité inouïe ! Impudens mensonges d'un Français ! Faux titres de propriété de Scioto-Town ! ! !

« Tous les jours, les plus infâmes scélérats de l'Europe viennent chercher un asile dans notre belle et généreuse patrie. Ils apportent avec eux la contagion pestilentielle des pays où règne le despotisme. L'un de ces misérables, un Français du nom de Bussy, s'est présenté hier chez M. Mason, avocat, et a produit de prétendus titres de propriété d'après lesquels le sol même sur lequel Scioto-Town est construit aurait été, dit-il, vendu à son père. Ce faussaire impudent n'a pas craint de contrefaire le sceau sacré du gouvernement fédéral. Nous espérons que tous les bons citoyens s'uniront pour chasser honteusement, comme il le mérite, ce misérable, opprobre de la France et de la libre Amérique. Faut-il le fouetter, ou le pendre, ou le rouler tout nu dans du goudron ? C'est ce que la sagesse des citoyens décidera. »

Cet article, rédigé par le vieux Samuel, fut répété avec des commentaires encore plus violens par tous les autres journaux. Ce fut un déchaînement universel. La plupart des habitans de Scioto se souciaient très peu de la légitimité de leurs titres. Aux États-Unis, tout possesseur, quelle que soit l'origine de la possession, se regarde comme le véritable propriétaire. Ce principe, utile dans les premiers temps de la colonisation et dans les territoires mal peuplés, est d'une application fort dangereuse dans les états riches et cultivés, comme l'Ohio. Les citoyens de Scioto regardaient Bussy, quel que fût son titre, comme un spoliateur. Samuel Butterfly profita de l'indignation publique pour convoquer un meeting sur l'esplanade qui domine Scioto-Town. Cette ville si nouvelle est dans une situation admirable. Adossée à un demi-cercle de collines boisées au bas desquelles coule le Red-River, elle s'étend d'abord dans la plaine que traverse le Scioto et s'élève en amphithéâtre au-delà du Red-River. Un pont jeté sur ce ruisseau unit la ville basse à la ville haute. Hors de la ville, et dominant l'embouchure du Red-River et du Scioto, s'élève un plateau assez étendu d'où l'on aperçoit toute la ville et une partie de la vallée du Scioto : c'est là que les miliciens font l'exercice à feu; c'est aussi le lieu où se tiennent les assemblées populaires.

Toute la ville fut fidèle au rendez-vous donné par le vieux Samuel. La curiosité publique était excitée par le langage des journaux, et nulle part autant qu'aux États-Unis les citoyens n'ont le goût des affaires publiques. C'est la seule récréation des Yankees. Plus de quinze mille personnes, hommes, femmes et enfans étant réunis sur l'esplanade, Samuel Butterfly s'avança sur la plate-forme, et dit d'une voix grave et solennelle :

« Ladies et gentlemen,

« Si jamais nation puissante a été comblée depuis sa naissance des bénédictions de la divine Providence, c'est assurément la libre, grande et généreuse nation américaine. Pas une année, depuis tant d'années que nous avons proclamé notre indépendance, n'a cessé d'ajouter de nouvelles gloires et de nouvelles prospérités au faisceau de gloires et de prospérités que les années précédentes avaient déjà entassées sur nous. La grande république, qui baigne ses pieds dans la mer du Mexique, étend son bras droit sur le Pacifique et son bras gauche sur l'Atlantique. Des millions d'hommes peuplent aujourd'hui les solitudes que les daims seuls et les buffalos connaissaient avant l'arrivée de Walter Raleigh et de William Penn sur ces fortunés rivages. Des villes immenses s'élèvent sur le bord de ces fleuves que sillonnaient les barques des Indiens, et des chemins de fer portent d'une extrémité de l'Union à l'autre ce blé qui remplit nos greniers et que l'Europe nous envie. Mais où trouverons-nous, dans les limites de l'Union et peut-être sur la terre habitable, un pays plus aimable et plus beau que notre chère vallée du Scioto, dont la source glacée sort des entrailles profondes de la généreuse terre de l'Ohio, et arrose de ses eaux bienfaisantes, que grossit le Red-River, cette ville puissante, l'ouvrage de nos mains et l'orgueil de notre cœur? Qui a construit ces maisons dont l'architecture variée réunit toutes les beautés des monumens les plus merveilleux de l'Europe ancienne et moderne? Quel architecte, quel ingénieur a tracé ces larges rues qui se coupent à angle droit avec une admirable symétrie? Qui a réuni les prodiges de l'art à ceux de la nature en entremêlant de prairies, d'étables à porcs et de fertiles pâturages nos places publiques et nos carrefours? Qui... si ce n'est ce peuple industrieux, puissant dans les travaux de la matière comme dans les travaux de l'intelligence, qui tient d'une main également ferme la charrue et l'épée, et que les nations jalouses proclament, malgré elles, le plus grand, le plus magnanime, le plus intrépide et le plus riche du monde entier? »

Ici Samuel Butterfly s'essuya le front. Son exorde était terminé. D'immenses et unanimes applaudissemens attestèrent l'effet de sa pompeuse éloquence. Il continua :

« Qui ne croirait, citoyens, à l'éternelle durée d'une œuvre si belle ? Mais les décrets de la Providence sont impénétrables. Un étranger, un

Amalécite, est venu, qui a vu la gloire et la puissance du peuple d'Israël, et qui a voulu verser sur nos têtes les cendres de l'opprobre et de la désolation. Il a voulu qu'on dît de nous à l'avenir les paroles du prophète : « La ville d'Ar a été ravagée pendant la nuit, et Moab a gardé le silence; ses murs ont été détruits, et Moab est resté dans la stupeur. » Oui, citoyens, un Français a osé former l'abominable projet de nous chasser de nos maisons, de renverser notre ville, de nous dépouiller de nos biens, nous les libres enfans de l'Amérique, et de s'établir en maître dans nos foyers en disant : Cette vallée est à moi, cette ville est à moi; c'est pour moi que le Scioto coule dans ces plaines, pour moi qu'il arrose le pied des collines, pour moi que les prairies sont couvertes de troupeaux, et que les bateaux portent à l'Ohio le bois, la viande, le blé, et rapportent les produits des îles ! »

À ces mots, un grognement formidable sortit de la foule et interrompit l'orateur. Heureusement Bussy était absent. Accompagné de maître Mason, il chassait tranquillement le daim à quelques lieues de Scioto-Town. Le vieux Samuel exposa longuement les prétentions de Bussy, et déclara qu'il n'avait aucun droit sur la vallée du Scioto. Il assura qu'un habile faussaire avait fabriqué ses titres de propriété et appliqué sur l'acte qu'il présentait le sceau du commissaire des terres publiques de Washington. On croit aisément ce qu'on désire. Tous les assistans étaient intéressés à la condamnation de Bussy. Personne ne s'avisa de discuter les mensonges de Butterfly. Après plusieurs discours d'une violence tout américaine, le meeting prit à l'unanimité la résolution suivante :

« Résolu que Charles Bussy, soi-disant propriétaire du sol de Scioto-Town, en réalité faussaire impudent, sera dépouillé de ses habits, plongé dans un tonneau de goudron liquide et roulé dans un amas de plumes ;

« Résolu qu'il sera chassé du comté avec défense d'y revenir, sous peine d'être pendu;

« Résolu que le meeting vote des remerciemens à M. Samuel Butterfly pour avoir rempli ses fonctions de maire avec tant de courage, et qu'il offrira une coupe d'argent en récompense à ce pieux et digne gentleman. »

Ces résolutions prises, l'assemblée se dispersa.

Bussy ne revint que le lendemain soir à Scioto-Town, suivi de son perfide avocat. En rentrant à l'hôtel Bennett, il soupa et monta dans sa chambre. Il était plein de gaieté et d'espérance de recouvrer, sinon sa forêt coupée et brûlée, du moins une magnifique indemnité. Il jeta les yeux par hasard sur le Scioto-Herald, et lut avec étonnement le compte-rendu du meeting de la veille. Le compte-rendu se terminait ainsi : « Il est probable que ce misérable faussaire n'a pas attendu le châtiment que lui réservait l'indignation publique. On croit que son avocat, maître Mason, lui a fait comprendre le danger auquel il s'exposait, et l'a conduit lui-même aux frontières du comté. De bonne foi, nous préférons ce dénoûment, car il nous répugnait de souiller nos mains du sang d'un si vil coquin. »

J'aurais peine à décrire la fureur de Bussy. Il se leva, les yeux étincelans, les poings serrés, boutonna son habit, visita les amorces de son revolver, et courut aux bureaux du journal. Certes, s'il eût rencontré l'éditeur du Scioto-Herald, ce jour eût été le dernier du malheureux journaliste. Heureusement la nuit était venue, les bureaux étaient fermés, et Bussy fut forcé de se coucher sans avoir tué personne.

La nuit porte conseil. Notre héros, en lisant les noms des orateurs du meeting, devina que le vieux Samuel Butterfly était le principal auteur de la calomnie; is fecit cui prodest. Il résolut de lui demander raison de sa conduite et de le forcer à se rétracter. Il se voyait seul en face d'une foule d'ennemis, mais ce n'était pas un homme ordinaire que notre ami Bussy. Il avait l'âme naturellement intrépide et vigoureuse. S'il tenait peu à l'argent et dédaignait sa fortune perdue, il ne voulait pas reculer, même devant une force supérieure et irrésistible. Il grinçait des dents à la seule pensée de s'en aller sans avoir rien fait, et de laisser parmi les Yankees un nom déshonoré. Ajoutons qu'il était Français, et qu'il croyait tenir le drapeau de la France en pays étranger. Abaisser ce drapeau, n'était-ce pas abaisser la patrie ? Ces réflexions lui vinrent à l'esprit avec la rapidité de l'éclair, et il résolut de se faire justice à lui-même ou de mourir.

Dès le matin, il s'habilla avec soin, mit son revolver dans la poche de son paletot, son bowie-knife sur sa poitrine, déjeuna tranquillement, et sortit pour aller rendre visite à Samuel Butterfly. Toute la ville le connaissait déjà. Les étrangers sont rares à Scioto-Town, et la physionomie ouverte et énergique du jeune Français ne ressemblait guère aux visages contractés, osseux, basanés et tristes qui forment la majorité des visages américains. Une jeune et jolie Irlandaise qui faisait le service de l'hôtel Bennett, qui avait entendu les discours qu'on tenait dans la ville contre le voyageur étranger, fut touchée de pitié en le voyant sortir. Elle l'arrêta sur le seuil de la porte et le pria de rester à l'hôtel.

– Ma belle enfant, dit Bussy, cela m'est impossible. Il faut que je sorte.

– Prenez garde, monsieur. On dit de vous des choses horribles, et Patrick m'a conté que vous vouliez assassiner M. George-Washington Butterfly.

– Qu'est-ce que ton ami Patrick ?

– C'est un brave Irlandais qui me fait la cour et qui n'a qu'un défaut, celui de se coucher au soleil pendant le jour et de boire du whiskey toute la soirée. Tenez, le voilà qui nous regarde.

En effet, le bon Patrick et son ami Jack, pressés de gagner leur dollar, épiaient toutes les démarches de Bussy. Celui-ci s'en aperçut et ne s'en inquiéta point. La colère dont il était transporté ne lui permit pas de songer au danger. Il se fit indiquer la maison de Samuel Butterfly, et entra. Les deux Irlandais, qui le suivaient de près, entrèrent presque en même temps.

George-Washington et Samuel étaient occupés à déjeuner quand on annonça l'arrivée du Français. Samuel pâlit et devina l'intention de Bussy; mais George-Washington tira de son secrétaire un revolver, le mit sur la table, à portée de sa main, et continua son déjeuner. Il avait été marin pendant deux ans, et l'on assure même qu'il faisait la traite sur les côtes d'Afrique. Habitué à casser la tête d'un nègre indocile ou à le fouetter sans pitié, il ne faisait pas beaucoup de cas de la vie des hommes.

Bussy entra d'un pas ferme et marcha droit à Samuel Butterfly.

– Monsieur, dit-il, me reconnaissez-vous ?

Samuel pâlit et jeta un coup d'œil suppliant à son fils. Celui-ci voulut intervenir.

– Ce n'est pas ainsi qu'on se présente, monsieur, dit George Washington. Quel est votre nom ?

Bussy le regarda fixement avec mépris.

– Prenez patience, dit-il, votre tour viendra. Et vous, Samuel Butterfly, répondez à la question que je vais vous faire. Pourquoi m'avez-vous, avant-hier, en plein meeting, appelé faussaire impudent?

– Monsieur, dit Samuel en tremblant, on m'a trompé. Je vois bien que vous êtes un gentleman.

– Lâche coquin, dit Bussy d'une voix éclatante, demande-moi pardon à genoux.

Et il saisit au collet le vieux Butterfly.

– C'en est trop, interrompit George-Washington; gentleman ou non, tu me paieras cher cet affront.

En même temps il se leva et voulut se précipiter sur Bussy. Les deux Irlandais, qui épiaient cette scène à la porte de la salle à manger, entrèrent en brandissant d'énormes couteaux; mais le jeune Français leur présenta au visage les canons de son revolver et les tint en respect pendant quelques secondes.

– Quatre, contre un! dit-il. Je reconnais votre prudence, Butterfly père et fils ; mais prenez garde, je vous retrouverai quelque jour. Place maintenant!

Des deux mains il saisit la table sur laquelle était servi le déjeuner et la renversa sur ses adversaires; puis il traversa la salle à manger, tenant de la main gauche son bowie-knife, et de l'autre son revolver. Patrick le blessa au bras d'un coup de couteau. Il se retourna, le renversa d'un coup de pistolet, ouvrit la porte, suivit le corridor et se trouva dans la rue. Au même moment, George-Washington Butterfly, revenu de sa surprise, lui tira un coup de pistolet qui l'atteignit à l'épaule gauche. Bussy, furieux, revint sur son ennemi et tira à son tour. La balle manqua le but et frappa le mur opposé. Les domestiques criaient : Au meurtre ! Jack, le second Irlandais, et quelques voisins du vieux Samuel se précipitèrent sur lui.

George-Washington se préparait à tirer un autre coup de pistolet. La foule s'amassait dans la rue et criait : Mort au Français! Bussy jugea prudent de faire retraite. Il courut jusqu'au bout de la rue. Sans chapeau, les yeux brillans de fureur, la poitrine ensanglantée, il effrayait tout le monde. On s'écartait pour le laisser passer, et on courait sur sa trace sans savoir pourquoi. Les deux Butterfly, les Irlandais et les spectateurs criaient de toutes leurs forces : Arrêtez le meurtrier, le brigand, le faussaire! mais personne n'osait mettre la main sur lui. Il arriva ainsi au Scioto. Au-delà étaient la forêt et la liberté. Il n'hésita point et se jeta à la nage dans la rivière. Le courant n'est pas très rapide, mais l'eau est profonde, et Bussy, blessé, embarrassé d'ailleurs par ses habits, eut grand'peine à gagner l'autre rive. Heureusement la ville n'a pas de pont sur le Scioto. Quelques-uns de ses ennemis, plus animés que les autres, voulurent le poursuivre et passer la rivière en bateau ; mais le vieux Butterfly ne fut pas de cet avis, il déclara qu'il pensait comme César, qu'il faut faire un pont d'or à l'ennemi qui se retire. Cette sage maxime fut généralement goûtée, et Bussy continua tranquillement sa route.

Il était fort mal à son aise. Ses blessures, quoique légères, lui causaient de cruelles douleurs, et la perte de son sang l'avait affaibli. – Pardieu ! se dit-il, j'ai fait une belle besogne, et mon ami Roquebrune va bien rire de ma simplicité. J'arrive, on m'appelle faussaire, je me fâche, on me tire des coups de pistolet, et je me sauve. Voilà une brillante campagne. Par saint Chrysostôme, que je sois abandonné de Dieu, si je ne coupe les oreilles à toute l'infâme race des Butterfly !

Tout en maudissant sa destinée et la famille Butterfly, il s'était enfoncé dans la forêt, et marchait au hasard vers le nord. La nuit approchait, il n'y avait pas de chemins tracés ; il fut forcé de s'arrêter sous un arbre, près d'une source d'eau claire. Il but et lava ses blessures. Il avait grand faim, mais ce n'était pas le moment de dîner. Il amassa du bois sec, y mit le feu et s'endormit tranquillement. Le lendemain, au point du jour, il s'éveilla, et se leva fort étonné de voir un serpent à sonnettes qui avait passé la nuit auprès de lui, moelleusement enveloppé dans son propre paletot. Le serpent, jeté brusquement à terre, s'enfuit, et Bussy continua sa route. Un heureux hasard le conduisit vers une ferme isolée où des fermiers allemands lui donnèrent l'hospitalité. Par un bonheur plus grand encore, il avait conservé son portefeuille en fuyant. Grâce à ce vil métal, qui a plus de puissance que le génie et la vertu, il gagna promptement le Ohio and Erie railroad et les chutes du Niagara. De là, il descendit le lac Ontario et le fleuve Saint-Laurent jusqu'à Montréal, où son ami Roquebrune fut fort étonné de le revoir si tôt.

Cependant, lorsque Bussy eut raconté son aventure et ses projets de vengeance, le Canadien lui dit : – Mon cher cousin, tu as fort bien fait d'agir ainsi. Un Français ne doit pas reculer ; il faut qu'il aborde l'ennemi militairement, à la baïonnette, comme faisaient nos pères. La baïonnette n'a pas réussi ; eh bien! c'est un malheur réparable. Vous jouez, Butterfly et toi, une partie dont l'enjeu est d'un million. Butterfly a la première manche, et cela est juste, car il est plus expérimenté que toi; mais tu auras ta revanche, et la belle, je te le garantis. Ce coquin de Yankee sera mystifié à son tour, ou le diable m'emporte ! En attendant, reste ici, guéris-toi et compte sur moi.

Bussy le remercia avec effusion, et devint son hôte. La belle Valentine vint à son tour et écouta son histoire avec une émotion qui fit palpiter le cœur de notre héros. C'était la plus aimable Canadienne qu'on eût jamais vue au Canada, où les femmes sont si belles. Elle avait une douceur et une gaieté charmantes; ses yeux, d'une expression modeste et réservée, avaient cette éloquence à laquelle rien ne résiste. Elle écoutait comme on parle. Ses manières étaient simples ; une dignité naturelle éloignait toute idée de familiarité. Au bout de quelques jours, Bussy ne songeait ni au Scioto, ni à la famille Butterfly, ni à sa vengeance ; il ne songeait plus qu'à Valentine. Cependant il n'osait déclarer son amour. Défiez-vous de ceux qui expliquent trop bien leur souffrance; ceux-là n'ont jamais aimé. Bussy fut embarrassé pour la première fois. D'ailleurs Valentine était riche, et il était ruiné. Il craignait l'odieux soupçon qui pèse toujours sur le pauvre ; il garda le silence. Enfin, ses blessures étant guéries, il partit avec Roquebrune pour Scioto-Town. Le voyage dura plusieurs jours, et les deux amis se désennuyèrent en parlant philosophie. Que peut-on faire de mieux quand on voyage? Bussy, aigri par sa mésaventure, maudissait les sociétés modernes et la démocratie. Roquebrune se moquait de sa misanthropie. – Te voilà fort en colère, disait-il, parce qu'un coquin de Yankee t'a joué un méchant tour! Tu maudis la démocratie, parce que ce Butterfly est un démocrate. Retourne en Europe, si tu ne sais pas subir les inconvéniens de la liberté. Il n'est pas de rose sans épine; il n'est pas de république sans Butterfly.

– L'Amérique est haïssable, répondait Bussy, mais l'Europe est pire encore. Je le dis à regret, des signes trop manifestes nous montrent que notre vieux soleil est à son déclin. Ses rayons refroidis nous éclairent encore, mais ne nous réchauffent plus. Pâles et débiles enfans de la terre, instrumens aveugles de l'implacable nécessité, emportés dans le tourbillon des planètes, étourdis par le bruit des sociétés humaines qui s'écroulent et tombent en poussière, nous touchons, presque sans nous en apercevoir, à l'heure dernière. Quand notre globe sublunaire sera nivelé comme une plaine, rasé comme un ponton, cultivé comme un jardin, peuplé comme une ville; quand nous tiendrons en main la foudre, rassemblant ou dissipant à volonté les nuages; quand nous voyagerons dans les vastes plaines de l'air avec l'aide et la rapidité des vents (et tout cela sera fait dans un siècle), prenons garde, notre œuvre sera terminée ; nous aurons usé et abusé de la nature, et elle se vengera. Un jour la race humaine sera toute-puissante, et le lendemain elle mourra...

– Bien prêché, misanthrope ! s'écria Roquebrune. Allons maintenant dauber le Butterfly.

Les deux voyageurs arrivèrent à l'entrée de la nuit dans Scioto-Town. Ils allèrent se loger dans une maison écartée, à quelque distance de la ville, afin que personne ne pût reconnaître Bussy. Son ami, sans prendre de repos, alla tout droit rendre visite à Samuel Butterfly.

Le vieux Yankee croyait n'avoir plus rien à craindre de Bussy. Toute la ville avait payé un juste tribut d'éloges à sa fermeté et à sa dextérité. Cette affaire, qui aurait dû le perdre, n'avait fait qu'accroître son crédit. Le sentiment moral se développe tard et lentement dans les sociétés naissantes. Dans les forêts, le premier besoin est de vivre; celui de bien vivre ne se fait sentir que longtemps après. J'oserais presque dire que le goût du bien-être et celui de la vertu, qui cependant ne se ressemblent guère, croissent simultanément. Ce n'est pas que l'un mène à l'autre, il s'en faut de beaucoup, mais tous deux sont presque également nécessaires dans une nation.

L'exemple des hommes d'élite qui ont aimé la vertu pour elle-même ne peut pas servir de règle générale, et la foule est beaucoup plus sensible aux doctrines de l'intérêt bien entendu qu'à la gloire du dévouement et du sacrifice.

Ce jour-là, Samuel était tranquillement assis au coin du feu, et alignait avec une satisfaction visible des colonnes de chiffres. Il venait de terminer son inventaire. – Un million cinq mille six cent cinquante-trois dollars ! dit-il en posant la plume et se frottant les mains. Voilà une somme qui ferait sourire Cora et ce cher louveteau de George-Washington; mais je suis solide encore. Dieu merci! et ils attendront longtemps ma succession.

Au même moment, on annonça le chevalier de Roquebrune. Samuel se leva, et, sans desserrer les dents, à la mode américaine, il lui secoua la main.

– Monsieur, dit le Canadien, je viens vous rendre visite de la part d'un ami, M. Charles Bussy.

Samuel se leva, feignant l'indignation. – Qui ? ce misérable faussaire, cet assassin qui a voulu tuer mon fils et moi, et que j'aurais dû faire pendre ?

– Il est vrai, dit Roquebrune avec sang-froid, que l'un de vous deux devrait être pendu. C'est l'avis de mon ami aussi bien que le vôtre. Lequel des deux ? C'est ce que je n'ose décider.

– Monsieur, dit Samuel, êtes-vous venu pour m'insulter dans ma propre maison ?

Et il tira violemment le cordon de la sonnette.

– Mon cher Butterfly, dit Roquebrune avec le même sang-froid, si quelqu'un fait un pas vers moi, je vous brûle la cervelle.

Samuel se rassit effrayé. Un domestique irlandais entra.

— Tom, dit-il, apportez du bois.

Tom obéit, et Roquebrune reprit : — Parlons franchement. Bussy vous gênait, vous avez voulu le faire périr, c'est trop juste; mais il a la vie dure. Vous l'avez calomnié, vous avez ameuté contre lui toute une ville; vous l'avez à moitié assassiné; il ne s'en porte que mieux. Il est plus riche que vous...

— Eh ! s'il est riche, interrompit Samuel, pourquoi veut-il nous dépouiller ?

— Pourquoi, vieux Butterfly ? Pour une raison fort simple. Combien vous a valu votre première banqueroute ?

— Rien, si ce n'est l'estime de mes concitoyens, répondit gravement Samuel.

— Et cent mille dollars ! Et la seconde ? et la troisième ? et la quatrième ? Je connais vos affaires aussi bien que vous-même. Vous avez maintenant un million de dollars, et vous comptez bien mériter encore deux ou trois fois avant de mourir l'estime de vos concitoyens. Eh bien ! mon ami Bussy, qui est aussi insatiable que vous, et qui est deux fois millionnaire, ne mourra pas content s'il n'a ses quatre millions.

— Quatre millions de dollars, grand Dieu ! Vous ne les trouveriez pas dans tout Scioto.

— On les trouvera; c'est moi qui le garantis.

Samuel sourit silencieusement.

— Oui, je te devine, vieux Butterfly, continua Roquebrune. Tu veux dire que la ville entière se soulèvera contre nous, et que nous serons lapidés; mais apprends que nous avons trouvé un moyen de séparer ta cause de celle des gens de Scioto. Tu as voulu faire tuer Bussy, et lui te réduira à la mendicité.

– Je l'en défie, répondit Butterfly.

– C'est toi qui as commencé le vol, c'est toi qui paieras pour tous. Un tiers de la ville t'appartient. Tu seras forcé de le rendre et de payer une indemnité énorme. Bussy est assez riche pour te traîner devant tous les tribunaux et te contraindre à restituer vingt fois la valeur de sa forêt.

– Bon! dit Samuel, je connais les juges; avec quelques dollars, on obtient tout ce qu'on désire.

– Bussy a plus de milliers de dollars qu'il n'y a de cheveux sur ta tête pelée, et il te poursuivra jusqu'à ce que l'un de vous deux soit ruiné.

– Eh bien! soit ; j'accepte le combat. J'aurai pour moi l'opinion publique.

– Admirable ! et tu crois que l'opinion publique se soucie de toi ! Tu sais bien que le peuple aime la justice quand elle ne lui coûte rien. Dès qu'on saura que Bussy n'en veut qu'à toi seul, et qu'il est assez fort pour te perdre, tu seras perdu et déshonoré.

– Voyons, dit Samuel, ce n'est pas pour le plaisir de m'effrayer que vous me faites toutes ces menaces. Où voulez-vous en venir ?

– Ah ! nous nous entendons enfin, mon brave homme ! Tu as une fille à New-York.

– Vous la voulez en mariage ? dit Samuel. Eh ! que ne parliez-vous plus tôt, je vous l'aurais donnée de grand cœur, mais sans dot, vous savez ?

– Prends-tu mon ami pour un pingre de ton espèce ? s'écria Roquebrune. Bussy est amoureux de ses beaux yeux, et non pas de sa dot.

– Eh bien ! je leur donne ma bénédiction; mais Cora voudra-t-elle de lui ? Elle m'a dit qu'il était ruiné.

– C'est une épreuve qu'il a voulu lui faire subir. Bussy a plus de deux millions de dollars en bonnes terres de France.

– Et cette sotte l'a refusé ?

– Ce n'est pas un jugement sans appel, dit le Canadien.

– Mais votre ami n'en est-il pas offensé ?

– Lui! point du tout. C'est la modestie même. Il est d'ailleurs fort économe, et j'ai cru m'apercevoir qu'il était bien aise que miss Cora aimât l'argent autant que lui. C'est une passion si naturelle et si noble !

– N'est-ce pas ? dit le vieillard. Cela fait hausser les épaules de voir de petits jeunes gens parler avec dédain de ce qui fait le bonheur de la vie, de cet argent, le seul ami qui ne trahisse jamais !

– A propos, dit Roquebrune, croyez-vous qu'on nous donnera deux millions de dollars pour indemnité ?

– Indemnité de quoi ?

– De notre forêt dévastée.

– Vous êtes fou, dit le vieux Butterfly : vous n'aurez ni deux millions de dollars ni un seul cent. N'aurez-vous pas Cora ? – Sans doute, nous aurons Cora; mais ce n'est pas tout. Croyez-vous par hasard, mon cher monsieur Butterfly, que nous voulons passer la vie à filer le parfait amour ? C'est bien assez que nous ne demandions pas de dot pour votre charmante fille ! Miss Cora est un vrai diamant; mais entre nous sa beauté est à son apogée, et ne peut plus que décliner. Dans deux ans, elle sera presque laide... Parlons sérieusement, reprit Roquebrune. Vous avez pris la forêt de mon ami Bussy sans sa permission; il a dans les mains de quoi vous ruiner, et il vous ruinera, soyez-en certain, si vous refusez ce que je vous propose. Vous avez une fille charmante, miss Cora, la plus belle personne de New-York, qui devrait être mariée, et qui ne l'est pas. Attend-elle un lord anglais ou un prince russe ? Je ne sais. Avant peu, elle vous retombera sur les bras. Faites une bonne affaire et une bonne action. Par bonheur, vous avez trouvé un homme de cœur, immensément riche, qui l'aime, et qui en sera aimé dès qu'elle connaîtra le chiffre de sa fortune. Cet homme est celui-là même que vous avez dépouillé, et qui peut vous ruiner. Faites-lui rendre, sinon son bien, ce qui n'est pas possible, du moins une indemnité suffisante, – quatre cent mille dollars, par exemple. Vous êtes assez puissant pour faire payer cette somme aux habitans de Scioto. Donnez-lui votre fille en mariage, ces quatre cent mille dollars seront sa dot. De cette façon, le public paiera vos dettes, et tout le monde sera content. Cet arrangement vous plaît-il ?

– Parfaitement, dit Samuel après un instant de réflexion; mais je veux pour ma part cent mille dollars, et cent mille pour celle de Cora,

– Accordé, mais avec cette restriction que si miss Cora refuse d'épouser mon ami, Bussy recevra la somme tout entière.

– Je réponds de son consentement, répliqua Samuel, et le mariage se fera trois semaines après le paiement de l'indemnité.

Roquebrune alla retrouver son ami, et lui parla du traité qu'il avait conclu avec le vieux Butterfly.

– Ah ! malheureux, qu'as-tu fait ? s'écria Bussy. Épouser Cora! Plutôt la mort !

– Bah ! est-ce que tu lui gardes rancune ?

– Non.

– Crains-tu le mariage ?

– Je crains la fille d'un Butterfly.

– Eh bien ! compte sur moi; je suis homme de ressource, et tu n'épouseras qu'autant que tu voudras.

– Mais tu as engagé ma parole...

– Cora te la rendra.

– Je m'en rapporte à toi. Allons dormir.

Le lendemain, toute la ville de Scioto était mise en rumeur par un article du Morning-Enquirer, dont Samuel Butterfly était le principal actionnaire. « Nos lecteurs se rappellent, y lisait-on, qu'un jeune Français, M. Charles Bussy, vint, il y a deux mois, présenter au maire de Scioto-Town un titre de propriété duquel il résulte que le sol même sur lequel notre ville est bâtie lui appartient. Cet honorable gentleman, victime d'une erreur que toute la population avait partagée, et que notre illustre maire, M. Samuel Butterfly, déplore hautement, fut accusé de faux et forcé de chercher un asile hors du comté. Il est allé à Washington, et l'on assure que le gouvernement fédéral a reconnu la justice de ses prétentions et donné ordre de lui prêter main-forte au besoin. On a cependant de grandes raisons de croire que les intentions de ce jeune gentleman sont tout à fait conciliantes, et qu'on pourra traiter avec lui de gré à gré pour le règlement de l'indemnité. La plus-value du terrain est telle qu'en droit rigoureux cette indemnité ne s'élèverait pas à moins de sept ou huit millions de dollars; mais un avocat canadien d'un grand talent, le chevalier de Roquebrune, qui est chargé de ses affaires, consentirait à la faire réduire à quatre cent mille dollars. Nous espérons que nos concitoyens se hâteront de décider une question qui pourrait faire naître de grands embarras pour la ville et pour les citoyens. »

Cet article, développé, commenté, reproduit, contredit par tous les autres journaux de Scioto-Town, fut comme une pierre de touche avec laquelle le vieux Butterfly fit l'essai de l'opinion publique. La grande majorité des habitans se montra d'abord, comme il s'en doutait bien, très peu disposée à donner une indemnité; mais le vieil Yankee ne se rebuta point. Il s'inquiétait peu de se démentir lui-même; ces sortes de scrupules n'ont pas cours aux États-Unis. Le passé n'existe pas pour les Américains, il sont tout au présent et à l'avenir. En avant! en avant! Telle est leur devise. C'est un peuple de gens d'affaires.

Pendant six semaines, tous les journaux refirent le même article sur la même question, sans se soucier de la fatigue des lecteurs. Voulez-vous persuader, dit un sage, répétez sans cesse la même chose dans les mêmes termes. Si vos raisons sont bonnes, elles ne perdent rien à être répétées ; si elles sont mauvaises, elles ne peuvent qu'y gagner. Ainsi pensait le vieux Butterfly. Enfin, jugeant que l'opinion publique était préparée à céder, il convoqua un meeting. J'ai déjà donné une idée de son éloquence, je n'essaierai pas de reproduire son second discours. Il suffit de dire qu'il se surpassa. Ses paroles onctueuses exprimaient le regret d'un homme de bien qui s'est trompé et qui a calomnié l'innocent. Heureusement, ajoutait-il, dans la libre Amérique, cette patrie de la vérité, l'erreur ne pouvait être ni dangereuse ni de longue durée. Il expliqua ensuite que la richesse toujours croissante de Scioto permettait aux habitans de payer aisément une indemnité légitime, qu'un emprunt de quatre cent mille dollars, amorti en trente années, serait un poids fort léger pour une ville destinée à devenir l'un des grands entrepôts du monde. Il fit valoir une foule d'autres raisons américaines qu'on m'accuserait d'inventer, si je les rapportais ici, et il obtint que le meeting proposerait au conseil municipal la résolution suivante : « Il sera fait un emprunt de quatre cent mille dollars, payable en trente années par voie d'amortissement, et qui sera destiné a indemniser Charles Bussy, légitime propriétaire de l'ancienne forêt du Scioto. »

Le lendemain, cette résolution fut votée par le conseil municipal, et le maire offrit de souscrire l'emprunt à dix pour cent. Sa proposition fut acceptée, et le vieux Samuel se donna le plaisir d'annoncer à tous ses amis le prochain mariage de Charles Bussy avec la belle Cora. – Quel homme ! dit à ce propos un des conseillers municipaux; tout lui réussit.

Butterfly devint plus puissant que jamais à Scioto-Town. Il écrivit à la belle Cora de partir de New-York et de se tenir prête à épouser Bussy. En même temps, suivant leurs conventions, il paya à celui-ci deux cent mille dollars et garda les deux cent mille autres pour lui et pour Cora. Bussy, transporté de joie, emporta le portefeuille tout bourré de banknotes américaines, et alla trouver son ami Roquebrune. Celui-ci l'attendait avec impatience. – Grâce à toi, je suis riche, dit le Français en l'embrassant. Ma fortune, ma vie, tout est à toi.

– Ta vie, c'est bien, mon cher ami, je l'accepte; mais ta fortune ! me prends-tu pour un Butterfly ?... Ce n'est pas tout,... ajouta Roquebrune. Et la mariée ?..

– Comment! la mariée! dit Bussy pâlissant.

– Sans doute. N'ai-je pas engagé ma parole que tu épouserais miss Cora, la plus belle des filles de New-York ?

– Et ne m'as-tu pas promis qu'elle me rendrait ma parole ?

— Allons, encore une corvée !

— Mon cher Roquebrune, au nom du ciel ! sauve-moi de miss Cora. Voudrais-tu me voir jusqu'au cou dans le Butterfly ? C'est bien assez d'être forcé de faire bon visage à ce vieux misérable que j'ai trois fois par jour envie d'étrangler, et à son coquin de fils qui a voulu m'assassiner. Écoute-moi : j'aime une fille charmante, mille fois plus belle que Cora, et je veux l'épouser.

— Encore une passion en l'air; mon cher ami, tu vas t'embourber de nouveau. Je ne puis pas, après tout, passer ma vie à te tirer d'embarras. Retourne en France, marie-toi, fais souche d'honnêtes gens, et laisse-moi plaider tranquillement mes procès à Montréal. — Ne me raille pas, dit Bussy, j'aime aujourd'hui, et d'un amour sincère. Veux-tu me donner ta sœur en mariage ?

— Peste ! dit Roquebrune en riant, tu n'es pas dégoûté. Je ne te la donne pas, je te la refuse encore moins. Elle est libre et maîtresse de ses actions.

— Au moins voteras-tu pour moi dans le conseil de famille ?

— Si tu es sage... Délivrons-nous d'abord de miss Cora.

— C'est bien aisé, dit Bussy. Je laisse au vieux Samuel et à sa fille les deux cent mille dollars que stipule le traité, et je suis dégagé de tout.

— Oui, dit Roquebrune; mais le vieux Yankee gardera ton argent et se moquera de toi. Voilà une belle invention vraiment ! N'as-tu pas honte d'un si pauvre expédient ? Quoi ! ce coquin t'aura voulu déshonorer, t'aura fait assassiner à moitié, et tu lui laisses pour sa peine deux cent mille dollars ?

— Conseille-moi donc, reprit Bussy. J'ai déjà pensé à tuer en duel son brigand de fils.

– Patience. L'idée est bonne, mais chaque chose doit venir en son temps. Je te fournirai une occasion superbe de lui couper la gorge. A présent je veux que Samuel te restitue ton argent, je veux que Cora refuse de t'épouser, et Samuel restituera, et Cora n'épousera point, je te le garantis.

– Comment feras-tu pour la dégoûter de moi ?

– Charmante fatuité ! Va, j'aurai moins de peine que tu ne crois. Que veut Cora? Un mari et de l'argent. Connais-tu lord George Aberfoïl, comte de Kilkenny, pair d'Ecosse et d'Irlande ?

– Point du tout. Qu'est-ce que cela ?..

– C'est un grand homme au poil roux, orgueilleux comme Artaban, droit comme un fil à plomb, gros comme un muid, haut comme une cathédrale. Voilà le mari que je destine à Cora.

– Tu le hais donc beaucoup ?

– Jusqu'à la mort. Je veux que Cora soit comtesse; c'est ma fantaisie. Cette petite personne me plaît, et j'entends faire sa fortune. Elle est jolie, elle a de l'esprit, de la grâce, elle est égoïste comme son père et souverainement impertinente; ce sera une pairesse accomplie.

– Où est ce lord précieux ?

– A New-York. Il a quarante ans et voyage pour son instruction.

– C'est donc un savant ?

– Lui! le pauvre homme, je crois, n'a jamais mis le pied dans une bibliothèque ; mais c'est un boxeur distingué, un vaillant nageur, un cavalier parfait, et le gentleman de toute l'Europe qui boit le plus longtemps sans tomber sous la table. Il est d'une force herculéenne. Un jour, dans une course de chevaux, son cheval, qu'il montait lui-même, fit un faux pas. Furieux d'avoir perdu le prix, il mit pied à terre, et l'assomma d'un coup de poing. Le pauvre animal tomba mort, comme s'il eût été frappé de la foudre. Voilà ce que c'est que le lord Aberfoïl, comte de Kilkenny, mon ennemi personnel.

– Comment êtes-vous devenus ennemis ?

– Par hasard. Je nage comme un esturgeon, et lui comme un alligator. Un jour, nous nous rencontrâmes aux chutes du Niagara. Il paria qu'il traverserait la rivière d'un bord à l'autre, à trois cents pas au-dessous des chutes, et que personne n'oserait le suivre. Tous les assistans se moquèrent de lui. Il avait bu, il s'échauffa et se vanta qu'aucun Canadien français n'oserait faire ce que faisait un Anglais. Tu sais le peu de sympathie des deux races. Nous ne supportons les habits rouges qu'à la condition de ne les voir jamais et de n'en être pas gouvernés. J'acceptai le pari, j'ôtai mon habit, et nous nous jetâmes dans la rivière. J'arrivai sans peine à l'autre bord; mais le pauvre Kilkenny, bien qu'excellent nageur, s'arrêta court au milieu de l'eau, et sans le bateau à vapeur qui se trouva là fort à propos pour le recueillir, l'Angleterre perdait l'un de ses plus agréables boxeurs. Il ne m'a jamais pardonné mon triomphe. Depuis ce temps, il me suit partout, et me propose cent paris différens, car il ne peut pas supporter, dit-il, l'idée qu'un être vivant l'emporte sur lui en quoi que ce soit. Je l'envoie tous les jours au diable, c'est-à-dire en Angleterre, et je ne puis pas me délivrer de lui. C'est Cora seule qui fera ce miracle.

– Va pour lord Aberfoïl. J'accepte tout, mais débarrasse-moi de la fille du vieux Butterfly.

– Compte sur moi. Dans quinze jours, tu seras dégagé, et tu pourras redemander au brave Samuel tes deux cent mille dollars. Il ne s'attend pas à ce compliment, et je suis sûr que sa figure nous fera rire. Je pars pour New-York. Quant à toi, ton rôle est facile. Montre la plus vive impatience de conclure ce mariage ; écris lettres sur lettres à miss Cora, et tâche d'obtenir une réponse. Le reste me regarde.

Les deux amis se séparèrent. Trois jours après, Roquebrune se faisait présenter à New-York dans le club des riflemen. Justement le lord Aberfoïl était sur le point de tirer à la cible, car c'était l'homme du monde le plus occupé de faire des tours de force ou d'adresse. En voyant Roquebrune, il se hâta de faire feu et manqua le but. Le Canadien sourit d'un air méprisant. – Milord, dit-il, vous n'êtes pas de force.

– Je ne suis pas de force! répliqua l'Anglais en colère. Monsieur,. vous me rendrez raison de ce mot.

– Très volontiers, milord; mais avec quelle arme ? En même temps il prit la carabine que l'Anglais avait déposée à terre, visa la figurine en plâtre qui servait de but, et la brisa à une distance de cent cinquante pas.

– Vous voyez, milord, qu'il faut renoncer à la carabine.

– Encore un échec, dit tristement lord Aberfoïl; mais j'aurai quelque jour ma revanche. Ce soir, je donne un grand souper aux membres du club des riflemen. Venez avec nous.

Ce souper, comme Roquebrune l'avait prévu, était un piège que lui tendait Kilkenny. Le lord, furieux de ses deux défaites, voulait pousser le Canadien à boire et le faire tomber sous la table ; mais celui-ci, se tenant sur ses gardes, refusa le pari, et profitant de la gaieté que le souper avait répandue parmi les convives, prononça le nom de miss Cora Butterfly. A ce nom, on cessa de parler politique, et tous les verres furent remplis jusqu'au bord. « Je bois, dit un des assistans, à la perle de New-York, à la belle des belles, à miss Cora Butterfly.» Ce toast fut suivi d'applaudissemens unanimes. Toutes les têtes étaient échauffées, et l'on se mit à commencer l'éloge de la jolie New-Yorkaise. L'un vantait sa beauté, l'autre sa grâce, un autre son esprit, un autre son talent pour la danse, un autre la fortune du vieux Samuel. Au milieu de ce feu de propos croisés et interrompus, Roquebrune dit d'une voix claire : – Quel dommage qu'une beauté si rare et si parfaite soit près de se marier ! Nous ne pourrons plus l'aimer que de loin.

– Oh ! dit le lord Aberfoïl d'un air fat, si je voulais m'en donner la peine !

– Ni vous, milord, ni personne. Elle est fiancée à un Français de mes amis.

– Par les mânes de Richard Strongbow, s'écria Kilkenny, à moins que ce Français ne soit le grand diable d'enfer, je parie qu'avant quinze jours son mariage sera rompu.

– Milord, dit dédaigneusement le Canadien, souvenez-vous des chutes du Niagara. La France vaincra l'Angleterre encore une fois.

– Je parie mille dollars qu'il sera rompu, s'écria Aberfoïl, et que j'épouserai miss Butterfly avant trois semaines.

– Je tiens le pari, dit Roquebrune.

Le lendemain, les fumées du vin étant dissipées, Aberfoïl se souvenait à peine de son pari ; mais Roquebrune n'avait garde de le lui laisser oublier.

Le lord Aberfoïl, comte de Kilkenny, pair d'Ecosse et d'Irlande, était le plus grand fou des trois royaumes. Ruiné par ses voyages et ses paris, il fuyait Londres et ses créanciers. L'éloge qu'on avait fait de la beauté de Cora le touchait peu; il n'aimait que la chasse au renard, la boxe et les festins ; mais il souriait à la pensée d'hériter du vieux Butterfly. Il ne doutait point d'ailleurs que son nom, son titre et son mérite extraordinaire ne vinssent aisément à bout d'une petite Américaine. Il fit donc les premières démarches pour se rapprocher de Cora, qu'il n'avait fait qu'entrevoir. Néanmoins il affectait la plus grande réserve. « Il ne faut pas gâter ces petites gens, se dit-il, par trop de familiarité. Ces boutiquiers sont trop heureux de recevoir sous leur toit un descendant de Richard Strongbow, premier comte de Kilkenny. Je veux que Cora me respecte avant de m'adorer. »

C'est une chose digne d'attention que la passion des sociétés démocratiques pour les titres de noblesse. Tout le monde veut être l'égal de son supérieur et non de son inférieur. Il n'est pas un Américain revenant d'Europe qui ne soit plus fier d'avoir été l'hôte d'un diplomate ou d'un prince que d'avoir été l'ami de Humboldt ou de Geoffroy Saint-Hilaire. Quand l'aristocratie de naissance n'aura plus de crédit en Europe, elle retrouvera une patrie dans la fière république des Etats-Unis. C'est un reste de l'éducation et des préjugés anglais, dont les fondateurs de la confédération étaient imbus dès l'enfance. Aujourd'hui même encore, les planteurs du sud se considèrent comme fort supérieurs aux manufacturiers du nord, et se décernent volontiers l'épithète de chivalrous, c'est-à-dire descendans des nobles et des chevaliers, tant il est beau de commander, même à des nègres.

On devine que miss Cora Butterfly, si facilement séduite par l'espérance d'épouser un riche Français et de déployer ses grâces dans un salon de Paris, fut vivement émue en apprenant l'arrivée d'un jeune lord, neveu, disait-on, du dernier gouverneur général des Indes, et appelé lui-même aux plus hautes destinées. On racontait des merveilles de sa fortune et du crédit dont il jouissait à la cour d'Angleterre. En quelques jours, grâce aux bruits habilement semés par Roquebrune lui-même, le lord n'était rien moins que le gouverneur général des possessions anglaises dans l'Amérique du Nord. On savait de bonne part que le précédent gouverneur venait d'envoyer à Londres sa démission, et que son successeur devait négocier à Washington un traité d'alliance avec le président de la république américaine. Les gobe-mouches sont nombreux dans les grandes villes. Les gens de New-York, bien que fort occupés de leurs affaires, ont encore du temps pour imaginer ou répandre les puffs les plus extraordinaires. On devine quel effet de tels bruits produisirent sur l'esprit aventureux de la belle Cora. Le jour même où elle rêvait la conquêtc d'un gouverneur du Canada, elle reçut deux lettres, l'une de son père et l'autre de Bussy. Le vieux Butterfly lui rappelait les conditions du marché qu'il avait conclu, et la pressait de revenir à Scioto-Town. Bussy, de son côté, feignait le plus amoureux empressement, et la menaçait d'un voyage à New-York. – Qu'il s'en garde bien ! pensa Cora. Qui sait ce que le hasard peut amener ?... – Elle écrivit à Samuel :

« Mon cher père, dans huit jours je serai à Scioto-Town. Jusque-là, prenez patience, vous pourriez regretter de m'avoir trop pressée d'exécuter un marché sur lequel vous ne m'avez pas consultée. Recevez toujours M. Bussy comme un gendre futur : il est bon d'avoir deux cordes à son arc. En attendant, agréez, cher père, l'expression de la tendresse de votre dévouée

« CORA. »

Le même jour, elle écrivit à Bussy :

« New-York, 14 août 184...

« Je vous remercie, monsieur, du choix que vous avez bien voulu faire de moi pour votre femme. Dois-je l'avouer ? Mon cœur peut-être avait prévenu le vôtre, et si je montrai d'abord quelque froideur, croyez qu'il n'en faut accuser que la réserve, qui est l'arme naturelle de mon sexe. Je voulais éprouver votre constance. Aujourd'hui je sais et je sens combien vous m'aimez, et moi aussi je vous aime.

« Mon père me presse de partir aujourd'hui même pour Scioto ; mais mon père est un homme d'affaires exact et probe, qui ne connaît que ses échéances. Il n'entend rien aux délicatesses de l'amour. De bonne foi, monsieur, le mariage est-il un paiement qu'on doive faire à époque fixe, et n'est-ce pas froisser la sainte pudeur de la femme que de la presser trop vivement dans une circonstance aussi solennelle ? Soyez assez bon pour faire comprendre à mon père qu'on n'expédie pas une fiancée par le chemin de fer comme un simple colis, et qu'il y a des ménagemens à garder avec le monde. C'est le premier service que je vous prie de me rendre, et si vous avez pour moi tout l'amour que vous me jurez, et auquel je crois, vous ne me refuserez pas un délai de quelques jours.

« Voulez-vous savoir le secret de ces retards ? On ne se marie pas sans robe, et j'attends de France une robe qui est une perle véritable, et dont les dentelles doivent faire mourir de jalousie toutes les belles de New-York. Voudriez-vous que votre femme fût habillée comme tout le monde le jour de son mariage ? Excusez ma frivolité, et croyez-moi, cher Bussy, votre obéissante et tendre

« CORA. »

Samuel, en recevant la lettre de sa fille, la froissa avec colère. – Encore quelque folie ! dit-il. Je lui ai trouvé un mari qui est riche, jeune, beau et bon compagnon, et elle le refuse ! Elle lâche la proie pour l'ombre ! Au diable la péronelle ! Je ne veux plus me mêler de ses affaires.

Quant à Bussy, il devina l'effet des premières manœuvres de son ami Roquebrune, et se mit à rire en lisant la lettre; puis il la serra précieusement dans son portefeuille, et alluma un cigare de La Havane. Il ne se trompait pas. Le lord Aberfoïl, comte de Kilkenny, pair d'Ecosse et d'Irlande, futur gouverneur du Canada, avait daigné se laisser présenter dans les salons d'un riche banquier de New-York, où il savait qu'il trouverait la belle Cora. L'un de ses domestiques était nègre et avait ordre de répondre à toutes les questions dans cette langue inintelligible qui est familière aux Africains des colonies : – Massa, bon maître à moi, posséder des dollars beaucoup, avoir des chambres pleines d'or. – L'autre domestique, Irlandais d'origine, devait contrefaire le sourd. Tous deux étaient splendidement galonnés, et portaient dans les rues des cannes à pommes d'or avec la gravité des suisses de paroisse.

Cora entra chez le banquier pleine d'une confiance orgueilleuse dans sa beauté et éblouit toute l'assemblée. Le lord Aberfoïl lui-même en fut étonné. Il fit d'abord le tour de la salle, le menton dans sa cravate, les coudes serrés contre le corps, les yeux fixes, suivi de la maîtresse de la maison, qui lui nommait et lui présentait successivement tous ses invités. Quand ce fut le tour de Cora, la présentation se fit comme à l'ordinaire, et le lord répondit gravement d'une voix gutturale : – Miss Cora Butterfly ? Oh !

Cet oh ! qui était la première parole qu'il eût prononcée depuis son entrée dans la salle, fit une sensation extraordinaire. Cora fut émue de ce témoignage d'admiration concentrée et rougit de plaisir. Toutes les dames présentes lui envièrent son bonheur. Qu'un pair d'Angleterre, qui avait vu à Buckingham-Palace les plus célèbres beautés des trois royaumes et la reine Victoria elle-même, fût ému au point de dire : « Oh ! » en voyant une beauté américaine, c'est un prodige qui ne se renouvelle pas trois fois en un siècle.

Le lord s'assit près de Cora et lui dit : – Dansez-vous, miss Butterfly ?

Elle crut qu'il allait l'inviter et se hâta de dire qu'elle dansait.

– Quelle danse ? demanda Kilkenny.

– La contredanse, milord.

– La contredanse est une danse de boutiquiers, dit le comte avec une impertinence toute britannique.

– Oh ! se hâta de dire Cora, je la danse rarement, et seulement par complaisance. Il faut avoir quelques égards pour ses amis.

– Je n'ai point d'amis parmi les boutiquiers, répliqua l'Anglais. Valsez-vous ? – Souvent, dit Cora, qui crut réparer sa faute.

– Tant pis, la valse est inconvenante. Dansez-vous la polka, la redowa, la mazurka ?

Cette fois Cora hésitait. Le lord sourit et dit : – Un peu, n'est-ce pas ? Vous avez tort ; moi, je ne danse que la gigue.

– Qu'est-ce que la gigue ? demanda timidement Cora.

– C'est la plus aristocratique de toutes les danses; c'est la seule que connût Louis XIV, et la reine Victoria n'en danse jamais d'autre.

Miss Butterfly était pleine d'admiration. – Voilà, pensait-elle, un vrai lord d'Angleterre, qui n'aime rien hors de son pays, et qui méprise tout l'univers, excepté lui-même.

– On ne danse pas la gigue ici ? demanda le lord après un instant de silence.

La femme du banquier entendit la question et en fut troublée. Il y avait donc des danses qui n'appartenaient qu'aux femmes des lords, et que les autres femmes ne connaissaient pas ! Elle s'excusa timidement. Le lord l'écouta, les jambes étendues, les mains dans ses poches, à demi couché sur un canapé. Quand elle eut fini : – J'ai eu tort, dit-il, de parler de ces choses ; j'aurais dû savoir la différence qu'il y a entre Londres et New-York. On sait gagner de l'argent en Amérique, mais on ne sait le dépenser qu'en Angleterre. Au reste, avec le temps, vous ferez peut-être quelque chose. Le progrès du bon goût est lent, mais réel. Je connais des bourgs en Angleterre qui ne sont guère plus civilisés que New-York.

Ce dernier coup fut terrible. La feinte bonhomie avec laquelle le lord débitait ses impertinences indigna l'assemblée. Cora seule, insensible à la gloire de sa patrie, fut saisie d'admiration en voyant l'insolence d'Aberfoïl. En Amérique, la grossièreté est un signe de force.

Le reste de la soirée ne fut marqué par aucun incident particulier. Kilkenny garda Cora près de lui et lui parla pendant plusieurs heures de ses chevaux et de ses chiens, conversation tout à fait fashionable. Après les chevaux et les chiens vinrent les ancêtres, et la longue énumération des comtes de Kilkenny, dont le premier fut Richard Strongbow, conquérant de l'Irlande. Richard eut pour fils Walter, qui assiégea Saint-Jean-d'Acre et renversa de cheval le sultan Saladin à la bataille de Tibériade. Le petit-fils de Walter désarçonna le fameux comte de Leicester à la bataille de Lewes. Depuis ce temps, les Kilkenny portent dans leurs armes un dragon terrassé : le dragon était dans les armoiries de Leicester. L'arrière-grand-père de lord Aberfoïl était le premier lieutenant du colonel Clive à la bataille de Plassey, et battit plusieurs fois Hyder-Ali, sultan de Mysore. Il obtint un million de livres sterling et le plus beau diamant de la sultane favorite de Hyder pour sa part de pillage. A deux heures du matin, le lord prit congé de l'assemblée, laissant Cora sous le charme de ses récits héroïques et hippiques. Elle reçut, après le départ d'Aberlbïl, les félicitations jalouses de toutes les femmes, et se coucha tout émue. Le lendemain, au moment où elle faisait sa toilette du matin, chose de grande importance, elle reçut la lettre suivante :

« New-York, 16 août 1849.

« Chère miss Butterfly,

« Oserai-je vous demander de vouloir bien m'accompagner dans une promenade que je vais faire à Long-Island ? La mer est belle, et le steamer va partir dans une demi-heure. J'attends votre réponse au parloir.

« GEORGE, lord ABERFOÏL, comte de KILKENNY. »

Cette lettre fit battre le cœur de Cora. – Il est à moi, pensa-t-elle. A moi un lord gouverneur du Canada, un descendant de Richard Strongbow, plus noble que les Plantagenets !

Elle se hâta de s'habiller et descendit au parloir; le comte l'attendait, et tous deux prirent la route de Long-Island. Je ne m'arrêterai pas à rapporter les discours du lord et de la belle Cora : ils ne se dirent rien qui ne fut parfaitement convenable et prévu en pareille circonstance. Aberfoïl évita même avec soin de parler d'amour. Il continua le récit de sa généalogie et des exploits de ses pères. Il fit la description de sept châteaux qu'il avait en Irlande à l'instar du roi de Bohème, et de la forteresse gaélique qu'entouraient en Ecosse les eaux de son lac d'Aberfoïl. C'est là que Robert Bruce, poursuivi par les Anglais, avait trouvé un asile. Pendant cette conversation aussi instructive qu'intéressante, on dîna vaillamment, à la mode américaine, et miss Butterfly fit honneur à deux bouteilles de vin de Champagne que les domestiques du lord avaient apportées à Long-Island. Cependant ils se séparèrent sans avoir dit un seul mot de ce qui les occupait tous deux.

Le lendemain Cora reçut une nouvelle lettre :

« Chère miss Butterfly,

« Hier, bercé près de vous sur les flots de l'Océan, j'ai voulu vous déclarer mon amour. Je n'en ai pas eu le courage. Chère Cora, ma vie est en vos mains. Je vous adore. Soyez ma femme, et je serai toute ma vie, comme aujourd'hui, votre tout dévoué et passionné

« GEORGE, lord ABERFOÏL, comte de KILKENNY. »

Cora faillit s'évanouir de joie. Toutefois elle eut assez de force pour écrire le billet que voici : « Cher lord,

« Mon cœur est libre, mais ma main dépend de mon père. Un odieux marché, auquel je n'ai pas consenti, me condamne à épouser un Français de ses amis. Venez avec moi à Scioto-Town. Je me jetterai aux genoux du vieux Samuel ; je suis sûre qu'il ne sera point inflexible, et qu'il se rendra à mes prières et à mes larmes.

« Toute à vous, CORA BUTTERFLY. »

– Voilà un joli rôle pour un lord! dit Aberfoïl en recevant cette lettre. Elle va se jeter aux pieds d'un vieux chanteur de psaumes, et elle espère qu'il daignera prendre pour gendre un Kilkenny. Sur ma parole, ces petites filles sont folles. J'ai bien envie de la planter là avec ses scrupules et toute la famille Butterfly. Oui, mais les dollars du père rendront leur antique éclat à l'astre pâlissant des Kilkenny. Et que dira Roquebrune, s'il gagne encore son pari ? Cet enragé Canadien se moquera de moi. Il dira partout que j'ai cédé la place au Français. Non, de par tous les diables! – Et sur-le-champ il écrivit la lettre suivante :

« Chère Cora,

« Je respecte et j'admire vos scrupules; mais, croyez-moi, le plus sûr est de nous marier avant de partir. Mon orgueil souffre d'être mis en balance avec ce Français, quel qu'il soit. Je vous attends dans ma voiture avec deux témoins. Le ministre est prévenu. Après la cérémonie, il sera toujours temps d'apaiser votre père. J'ai peine à croire qu'il éprouve une colère bien sérieuse de voir sa fille comtesse de Kilkenny, pairesse d'Ecosse et d'Irlande. Dans cet espoir, je baise vos mains divines.

« Votre dévoué et passionné

GEORGE. »

Cora fit sa toilette, descendit, et trouva dans la voiture le lord et deux témoins qui l'attendaient. L'un des deux était Roquebrune; l'Anglais, parieur loyal, voulait qu'il fût spectateur de son triomphe.

Une heure après, le mariage était célébré. Le lendemain, les deux époux partirent pour Scioto-Town. Roquebrune les avait précédés.

En arrivant, il dit à Bussy : – Cora est comtesse de Kilkenny, et il ne t'en coûtera que mille dollars. – En même temps il lui raconta l'histoire de ce mariage improvisé. Les deux amis éclatèrent de rire, et coururent chez le vieux Samuel Butterfly. Bussy entra d'un air affligé, et demanda la restitution des deux cent mille dollars qui avaient été réservés pour la part du vieux Butterfly et de Cora.

Au récit de cette triste aventure, Samuel se mit dans une violente colère. – Ce n'est pas possible, s'écria-t-il. Cora n'est pas mariée.

Au même instant, elle entrait chez son père avec son mari.

– Cher père, dit-elle en se jetant au cou du vieux Butterfly, je te présente mon mari bien-aimé, George, lord Aberfoïl, comte de Kilkenny, pair d'Ecosse et d'Irlande.

L'Anglais inclina la tête avec raideur.

– Au diable les lords et les comtes! s'écria Samuel avec désespoir. Ta folie nous coûte deux cent mille dollars.

– Oh ! dit l'Anglais d'un air mécontent, vous ne m'aviez pas averti de cela, milady.

– Milord, répondit Cora blessée, vous ne me l'aviez pas demandé.

– Après tout, dit Aberfoïl, votre père est assez riche pour supporter cette perte, et pourvu que le chiffre de la dot n'en soit pas diminué...

À ces mots, Samuel bondit comme s'il eût été piqué d'une guêpe. – Le chiffre de la dot ! Qu'entendez-vous par là, milord ? Quoi ! vous me faites perdre cent mille dollars, et à Cora cent mille; vous l'épousez sans mon consentement, et vous comptez sur une dot! Demandez-la à qui vous voudrez, milord, au ministre qui vous a mariés, au chemin de fer qui vous a transportés ici, au vent qui souffle, à l'eau qui coule, à la terre ou aux étoiles, mais jamais, non, je le jure, jamais de mon vivant un dollar du vieux Samuel n'entrera dans la poche des Kilkennys.

– Pardieu ! dit l'Anglais, qui reçut toute cette bordée sans s'émouvoir, j'ai fait une belle équipée. J'ai gagné mille dollars, et un beau-père qu'on pourrait faire voir pour de l'argent au British-Museum.

– Quant à toi, malheureuse enfant, cria encore plus fort le vieux Samuel, garde-toi de reparaître devant mes yeux. Je te donne ma malédiction.

À ce dernier coup, Cora accablée baissa la tête et sortit, entraînant Aberfoïl. Roquebrune et Bussy étaient demeurés spectateurs impassibles de toute cette scène. – Eh bien ! dit Bussy, doutez-vous encore, monsieur, et voulez-vous me faire l'honneur de me payer mes deux cent mille dollars ?

Au même instant entra George-Washington Butterfly. – J'en apprends de belles ! s'écria-t-il; Cora se marie sans votre consentement avec un lord ruiné, et c'est M. de Roquebrune qui est le témoin du lord. Il y a là-dessous quelque intrigue infâme que ces hommes ont nouée pour manquer impunément à la parole donnée.

– Monsieur George-Washington Butterfly, dit Roquebrune, vous avez parfaitement deviné. C'est grâce à mes soins que miss Cora est devenue comtesse. Quant à vos expressions « d'infâme intrigue, » j'espère que vous voudrez bien m'en rendre raison.

– A l'instant même, répliqua George-Washington, et, tirant de sa poche un bowie-knife, il se précipita sur Roquebrune. Heureusement le Canadien veillait. Il saisit d'une main vigoureuse le bras de Butterfly et l'arrêta court. En même temps il le désarma et jeta le poignard dans la rue.

– Payez d'abord vos deux cent mille dollars, lui dit-il avec sang-froid, et nous nous reverrons plus tard.

– Après moi, s'il vous plaît, interrompit Bussy; j'ai un vieux compte à régler avec toute la famille.

Samuel signa en soupirant un bon de deux cent mille dollars sur la banque de Scioto, et les deux amis se firent payer cette somme. Le lendemain, ils écrivirent à George-Washington qu'ils respectaient trop les lois de l'Union pour se battre sur le territoire américain, mais que s'il voulait venir les rejoindre dans l'île qui est au milieu de la cataracte du Niagara, ils seraient prêts, l'un et l'autre, à lui donner satisfaction les armes à la main ; « Amenez un témoin, si vous voulez, ajoutait Bussy en terminant. Le combat sera sans merci, et le vaincu sera jeté dans le Niagara. »

– Viendra-t-il ? dit Bussy à son ami.

– N'en doute pas, répondit Roquebrune. Rien n'est plus vindicatif qu'un Yankee. Tu as mortellement offensé celui-ci; sois certain qu'il te tuera, ou qu'il se fera tuer plutôt que de reculer.

Trois jours après, le jeune Butterfly et un capitaine de milice qui était son témoin allèrent chercher Bussy et Roquebrune à l'International-Hôtel.

Les deux combattans et les deux témoins passèrent dans l'île qui est située sur le fleuve même, au milieu de la cataracte. Butterfly ne voulut se battre qu'à la hache, et par complaisance Bussy accepta cette arme. Ce choix fit frémir Roquebrune, qui avait conçu pour le jeune Français une amitié véritable et profonde.

— Cet enragé veut t'abattre comme un chêne, dit-il à Bussy. Garde ton sang-froid, et ne te hâte pas de frapper. Attends son coup, pare et riposte. Avec cette arme-là, tout coup qui frappe est mortel. Surtout ne te laisse pas défigurer. Valentine ne me le pardonnerait pas.

Au-delà de l'île, qui est couverte de sapins et de mélèzes, se trouve au milieu même de la cataracte une petite presqu'île de quelques pieds carrés, surmontée d'une tour branlante. C'est du haut de cette tour, qui repose sur un sol miné en dessous par la chute du fleuve, que les curieux vont voir de près ce gouffre, le plus beau peut-être qui soit sur la terre. Un petit pont en bois joint cette presqu'île à la grande île. C'est au pied de la tour, à trois pas de la cataracte et en vue de la rive canadienne, que les deux combattans se joignirent, armés chacun d'une hache pesante en bois de fer. Le tranchant était d'acier poli comme la hache de nos sapeurs. Bussy jeta les yeux sur le Niagara, qui s'étendait à perte de vue jusqu'au pont suspendu au moyen duquel on a joint le territoire américain au Canada.

— L'un de nous, dit-il, avant quelques minutes roulera dans le Niagara et ira visiter les rives du lac Ontario.

— Chien de Français, dit grossièrement George-Washington, je vais t'envoyer au pays qu'occupaient tes pères.

— En garde, répondit Bussy, et tous deux s'attaquèrent avec une ardeur égale.

Après quelques feintes, dans lesquelles chacun des deux voulut tâter son adversaire, l'Américain impatient leva sa hache à deux mains pour fendre la tête à Bussy ; mais celui-ci l'évita, fit un pas de côté, reçut la hache de Butterfly sur le manche de la sienne, et détourna le coup. En même temps il frappa à son tour. Le tranchant de sa hache atteignit l'Américain à l'endroit où l'épaule droite se joint au cou, George-Washington tomba mort sans pousser un cri. Suivant les conventions qui avaient précédé le combat, son corps fut jeté dans le Niagara, et il ne fut pas question du duel dans les journaux du pays.

– Maintenant, dit Roquebrune, allons nous marier, si Valentine y consent.

Elle y consentit en effet, l'aimable Canadienne; Bussy ne lui plaisait pas moins qu'à son frère. Ils se sont aimés, s'aiment et s'aimeront toujours suivant toute apparence. Bussy est aujourd'hui le meilleur homme du monde et le plus heureux. Il est établi dans l'Ohio, à deux lieues de Cincinnati et de l'un des plus beaux fleuves de l'Amérique. Il est riche, estimé de ses voisins, et pourrait jouer un rôle public, si le métier d'homme politique lui plaisait. Son ami Roquebrune, qui a épousé une jeune et charmante Américaine malgré le souvenir de Cora, cultive à une demi-lieue de là une ferme de douze cents acres. Il fait du vin de Champagne et de Madère avec le raisin Catawba, et les indigènes préfèrent ses crus à ceux de l'Europe. Bussy le lui reprochait. – Mon cher ami, dit Roquebrune, tu n'y connais rien. Ces gens-là aiment mon vin : je n'ai pas le droit de les en priver.

Bussy ne maudit plus l'Amérique et la démocratie. Il a compris que les meilleures institutions ont quelques inconvéniens, et qu'un peuple qui a fait en si peu de temps de si grandes choses a bien le droit d'avoir quelques défauts et quelques ridicules. – C'est affaire aux Anglais, disait-il un jour à son ami, de se moquer des Américains, de prétendre que les Yankees sont sales, grossiers, brutaux, avides et sans scrupules. Entre gens de la même famille, on peut bien se pardonner quelques injures. Quant à nous.

Français, qui ne sommes ni frères ni cousins des Américains et qui ne leur disputons rien, avouons que jamais république n'a été plus grande, plus industrieuse, plus sagement conduite, plus libre, et que si elle est devenue l'une des quatre grandes puissances qui se partagent le monde, elle le doit surtout à elle-même, et non au génie de quelques hommes privilégiés. Les Yankees aiment à se vanter : n'est-il pas permis à celui qui travaille beaucoup de faire quelque bruit ? Ils ont peu de police, il faut l'avouer; mais que le ciel les préserve d'en avoir jamais davantage ! Les peuples ne sont pas des enfans qu'on mène à la lisière, mais des êtres raisonnables et raisonnans. Il vaut mieux avoir la liberté de faire quelques sottises que de ne pouvoir rien faire du tout, ni bien ni mal, et de vivre emmaillotté dans des règlemens de toute espèce. Y a-t-il quelque part des mœurs plus réglées, des richesses plus également réparties, un travail plus assuré, plus de gens sachant lire et écrire, connaissant leurs droits et leurs devoirs et sachant les pratiquer ? Où voit-on plus de blé, plus de viande, plus d'argent, plus d'églises, plus d'écoles, plus de sociétés savantes, plus de fondations pieuses ou charitables ? Et si l'Amérique a plus de toutes ces choses-là qu'aucun pays du monde, qu'on ne se scandalise pas pour quelques Butterfly qu'il a plu à la divine Providence de mêler parmi les bienfaits dont elle nous comble.

– J'aime à voir comme tu es devenu indulgent et raisonnable, dit Roquebrune. Les voyages forment la jeunesse. A propos, sais-tu que le vieux Butterfly a été tué, quelques mois après son fils, par l'explosion du steamer Erié ? La belle Cora, par la mort de son père, est devenue cinq fois millionnaire. Elle court la poste avec Aberfoïl, plus fou que jamais, et elle élève quatre enfans qui sont presque aussi beaux que ceux de Valentine.

– Que la paix de Dieu soit avec elle ! dit Bussy.

– Amen ! répondit Roquebrune.